みにくい小鳥の婚約

水守糸子

富士見L文庫

JN230469

目次 Contents

登場人物

雨羽《あまね》ことり
歌で魔障を癒《いや》す《歌姫》の家に生まれながら、魔を呼び寄せる歌声の持ち主。声を封じられ、幽閉されて育った。

火守《ひもり》 馨《かおる》
魔祓《まばら》いの名家・火守家の次期当主候補。その身に火ノ神を降ろした《依《よ》り主《ぬし》》で、圧倒的な魔祓いの力をもつ。

火見《ひみ》
常に馨のそばにいる、炎をまとった鳥。火ノ神の分身といわれている。馨は火見の力を用いて魔祓いを行う。

火守椿姫《ひもりつばき》
馨の姉。火守家の次期当主候補だったが、四年前の継承の儀式の際に魔に転じた。現在は魔としてさまよっており、行方がわからない。

火守雪華《ひもりせっか》
火守家の次期当主候補。四年前の継承の儀式の際、婚約者を亡くした。

青火《せいか》
馨のそばつき。二十代半ばの青年。

雷《らい》
雪華のそばつき。高校生の少年。

雨羽初音《あまねはつね》
ことりの双子の妹。優れた《歌姫》。

魔女
魔障専門の医師。

序　はじまり

不規則に明滅する灯《あか》りの下、ことりは必死に大蛇に願っていた。

（食べるならわたしにしてください）

ことりは今宵《こよい》、この場所に送られた贄《にえ》である。

命じたのは父だ。家のために死んで金になってくれと言われて送られた。それができないなら、自分がここにいる意味はない。

《贄《にえ》の間《ま》》と呼ばれる、高層ビルの地下に設けられた広い部屋では、鎌首をもたげた大蛇が天井まで伸び上がっている。巨大な身体《からだ》からは暗い瘴気《しょうき》が立ちのぼり、こちらを見下ろす目は血のように赤い。

（どうか彼女ではなく――）

この日、贄の間に送られた贄は、自分を含めてふたりいた。

もうひとりは、十七歳のことりとそう年の変わらない、見目うるわしい少女である。花嫁衣装を思わせる白の掛下に白の打掛をかけ、艶《つや》やかな黒髪が細い雨のように打掛に流れ

（……おねがい）

ている。凛《りん》とした眼差《まなざ》しの少女で、夜空を思わせる印象的な眸《ひとみ》の色をしていた。ことりにとっては、同じ場所に居合わせただけの見ず知らずの相手だ。でも、目の前で死なれるくらいなら、自分が喰《く》われたほうがずっといい。

（だからおねがい、どうかわたしのほうを食べてください）

必死の願いが届いたのか、ずるりと巨体を這《は》いずらせ、大蛇が口をひらいた。

長い尾が振られると、部屋全体が振動し、壊れた天井板や照明具が落ちてくる。庇《かば》うようにもうひとりの少女にしがみつき、ことりは身を硬くした。

（来る）

鉄錆《てつさび》に似たにおいの瘴気が押し寄せ、大蛇が迫る。

刹那、大蛇の鼻先でちりりと火花が跳ねた。

「火見《ひみ》」

低めの声がもうひとりの贄の少女から発せられた瞬間、ぱっと赤い花がひらくように大蛇が燃え上がる。

現れたのは、紅蓮《ぐれん》の炎《ほのお》をまとう一羽《わ》の火鳥《かちょう》である。

羽を広げた火鳥が大蛇から離れると、黒い蛇身が爆《は》ぜて飛散した。灰に転じた残骸がはらはらと落ちてくる。それらは床に触れるや、まぼろしのごとく消えた。

「焦った。まさか俺を庇うやつがいるとは思わなかったから」

ことりの身体を軽く押しやって少女が身を起こすと、先ほどの火鳥が肩に留まった。

――いや、「少女」ではない。

肩に流れる長い髪をわずらわしげにかきやると、そのひとはポイッと髪だったものを取り去り、床に放った。かつらだったらしい。

床に座り込んだままのことりを見て、呆《あき》れたようにつぶやく。

「この死にたがりめ」

瞬《まばた》きをして、ことりははじめてまっすぐ目の前に立つひとを見上げた。

切れかけた照明のせいで、ひかりと闇がひっきりなしに入れ替わる中、夜空に似た色の眸がことりを見返してくる。

女の子ではない。「少年」だ。しかも、すごくきれいな。

(まるで、夜闇に散る火花みたい)

――それが、あなたを見た最初のわたしの印象だった。

これは鳥籠の中で死を願っていた少女が、ただひとりをこいねがうようになるまでの物語。

一　贄の少女たち

——ごめんなさい。

夢の中のわたしはいつも泣いている。

泣いてもどうにもならないのに、おびえて泣くことしかできずにいるのだ。

（つばきちゃん、ごめんなさい）

ことりの腕の中には、血を流した女の子が力なくもたれかかっている。

顔は死人のように蒼褪《あおざ》め、ことりが呼びかけてもいっこうに反応しない。おびただしい量の血が足元に広がっていた。襲ってきた魔からことりを守って、つばきが流した血だ。

（ごめんなさい。わたしが……）

固く瞼《まぶた》を閉じた女の子を抱きしめ、ことりはか細い嗚咽《おえつ》を漏らした。

（わたしが歌なんか歌ったから——）

「……レライ。いますか、《ローレライ》」

くぐもった呼び声に、ことりはぱちりと目をひらいた。

目の前に広がっていたはずの赤い血は消え、昼でも薄暗く、黴《かび》のにおいがうっすらする見慣れた部屋が現れる。手にしていたはずのペンが机のうえに転がっている。歌譜の書き写しをするうちにうたた寝をしていたらしい。

「ローレライ」

それが一瞬、誰のなまえかわからず、ことりはぼんやり瞬きをした。

──ローレライ。

窓ガラスに映った生気のない少女を見つめて、そうだった、と思い出す。

ローレライ、それが今のわたしの呼び名。

夢の中では自由に声を発することができていた咽喉に手をあて、そこが今はすこしもふるえそうにないことを確かめると、ことりは窓の外に目を向けた。

嵌《は》め殺しの窓越しに呼びかける男には見覚えがある。昔から父のそばつきをしている初老の男だ。父親に命じられて、ことりを呼びにきたのだという。

「ご当主さまは本邸でお待ちです。今、外の鍵を開けますから」

そばつきは窓から離れると、この離れで唯一の扉の錠を開けた。

使用人たちからは《鳥籠》と呼ばれる狭い離れは、普段は外から錠がかけられている。ことりには逃げ出す意思もすべもなかったが、それが昔からローレライに対する家の決まりなのだ。

いったい何があったのだろう。もう十年以上、外に出されることなんてなかったのに。

胸騒ぎを覚えつつ、ことりは立ち上がった。

扉の外に出ると、飾り気のないワンピースの背にかかった色素のやや淡い髪が風に揺れた。長い睫毛《まつげ》にふちどられた伏せがちの眸は菫色《すみれいろ》。ぱっと目を引かないまでも、よく見ると可憐《かれん》な顔立ちをしている娘だったが、手足は細く、陶器めいた血の気のない膚《はだ》やぼんやりした無表情のせいで、精緻な人形のように生気がない。何よりも、少女の咽喉に刻まれた赤い花の印が見る者に異質な印象を抱かせた。

少女はローレライ。生まれたときのなまえを、雨羽《あまね》ことりという。

《歌姫》の家に生まれた、もうすぐ十七歳になる少女だ。

久しぶりに足を踏み入れる洋館風の本邸では、使用人たちが忙しそうに行き交っていた。

だが、ことりにきづくと皆顔をこわばらせ、おびえたように柱の陰に引っ込んでしまう。

なんだか申し訳なくて、ことりは自然と俯《うつむ》きがちになった。

「今のって……」

「ローレライ。見たことがない？　初音《はつね》さまの、双子の姉君のほうよ」

「噂《うわさ》では聞いたことがあったけれど……ほんとうにいたの？」

「いるわよ、十年以上。《鳥籠》のほうにね。おひとりで生活しているから、顔を知っているのは古参の使用人だけだけど」

柱の陰から女たちが囁《ささや》き合う。

「でも、どうして急に……」

「あの話、ご当主さまは本気らしいわよ」

「それってつまり初音さまのために……」

(あの話……？)

気を引かれたことりが視線を上げると、前を歩くそばつきの男が足を止めた。

「ご当主さま。お連れしました」

男が呼びかければ、「中へ」と父親の声が返る。

先々代の頃から使われている、少々豪奢《ごうしゃ》すぎるきらいのある部屋だ。雨滴を模したクリスタルガラスを使った照明具の下、鳥の装飾が彫り込まれた長テーブルには、雨羽家の当主である父親と双子の妹である初音がすでに座していた。

「ねえさま！」

手にしていた端末から顔を上げ、初音がぱっと笑みを咲かせる。

十一年ぶりに顔を合わせる父親は以前よりも痩せ、髪には白いものが増えていた。一方の初音は、臙脂《えんじ》のリボンを結んだ高校の制服を着ていて、菫色の眸には春の輝きを宿している。

「いくつになった、ローレライ？」

しわぶきながら父親が尋ねてくる。

「…………」

目を伏せたまま、ことりはちいさく肩を揺らす。

「あすには十七歳よ、おとうさま。わたしと同じ。いやだわ、忘れたの？」

答えられないことりの代わりに、初音が愛らしい声で返した。双子の妹は、顔はことりとうりふたつのはずなのに、表情豊かで春の妖精のように可憐だ。

「ねえさま、座って？　わたしたちは姉妹なんだから、そんな使用人みたいに突っ立っていなくていいのよ」

甘いわらい声を響かせて、初音はことりに言った。

のろのろ顔を上げると、にっこり微笑《ほほえ》み返される。

「それに今日はとてもいい報告があるの」

顔の前で軽く手を組み合わせる初音は、喜びを隠しきれないようすだ。

遅れて椅子に座りつつ、ことりは照明具に照らされたふたりのすがたをまぶしげに眺める。このようすだと、初音の話を聞くために、ことりは十一年ぶりに離れから呼び出されたのだろうか。今まで一度も本邸に呼ばれることも、ふたりが離れを訪ねてくることもなかったので、ふしぎな心地がした。

ある程度の年齢に達してから、ことりは身の回りのことも自分でしていたので、普段、離れに出入りをするのは、生活に必要なものを届けてくれる最低限の人間だけだ。それだって数日に一度で、言葉を交わすことはない。

「ねえさま。わたしね、婚約することになったの」

眦《まなじり》を朱に染め、初音ははにかみがちに微笑んだ。

「お相手は火守馨《ひもりかおる》さま。火守家の次のご当主になられる方だそうよ」

ことりはゆっくり瞬きをする。

火守──というなまえは、あまり外のことを知らないことりにももちろん覚えがあった。

この国にはいにしえより、四神と呼ばれるやおよろずの祖となる四柱の神さまがいる。

火ノ神、火鳥のすがたをした、魔を祓《はら》う神。

水ノ神、水龍《すいりゅう》のすがたをした、穢《けが》れを清める神。

風ノ神、風鼬《ふうゆ》のすがたをした、託宣を与える神。

地ノ神、今は眠りについた、時を司《つかさど》る神。

四神を祀《まつ》るのが、神祀り四家と呼ばれる、いにしえからこの国の祭祀《さいし》を司る四つの家で、それぞれ神から一字を賜り、火守、水鏡《みかがみ》、風薙《かぜなぎ》、地早《ちはや》と称した。

たどれば国が生まれた頃、四神と約した四人の皇女を始祖にしているといわれ、百年前に帝政の終焉とともに華族制度が廃止されるまでは、四家はとくべつな爵位を持った華族だった。そして今も、「魔祓《まばら》い」や「穢れの清め」、「神託」といった祀る神ごとの特殊な家業を継承している。

ことりが生まれた雨羽家は、水鏡から枝分かれした一族だ。

雨羽では、《歌姫》と呼ばれる一族の娘たちが歌を介して奇跡を起こす。魔障《ましょう》という魔に負わされた傷を癒《いや》すのだ。双子の妹である初音は優れた歌姫で、目を覆いたくなるような赤黒く爛《ただ》れた傷もたちまち治した。一方のことりは、百年から数百年に一度生まれる《みにくい声》——呪われた歌声を持つ娘だった。

ローレライ。

ローレライとは西方の伝説で、歌声で舟人を惑わし川底に誘い込んだ魔女のことをいう。古く《禍つ姫《まがつひめ》》と雨羽で呼ばれてきたその存在には、いつしか伝説にちなんで《ローレライ》の呼び名がついた。現代で同じ力を持つことりもまた、ローレライと呼ばれている。

魔女の呼び名のとおり、ことりの歌声は魔を呼び寄せる。

まだ力を発現していない子どもだった頃、知らずに歌ったことりは、その場に荒ぶる大蛇の魔を呼び寄せた。駆けつけた火守の人間によって魔は祓われたものの、友人だった女の子はことりを守って大怪我《けが》を負った。その怪我がもとで亡くなってしまったと聞いている。

うつくしい歌声を持つ歌姫ほど、魔障を癒す強い力を龍神に与えられると考える雨羽において、対極となるローレライの存在は忌み嫌われている。

千年以上前、当時禍つ姫と呼ばれた娘は、歌で大量の魔を呼び寄せ、雨羽の郷を一時壊滅状態にしたという。以来、禍つ姫は存在ごと恐れられ、かつては力を発現するや、殺すか、咽喉を潰すかしていた。今の世ではそこまではされなかったが、二度と歌えないように、ことりの咽喉には呪術師によって封印がかけられ、ことりは歌うことはおろか、声を発することもできなくなった。

「――ねえさまはわたしを祝福してくださる？」

初音はすこし不安そうにことりを見つめてきた。

こんなに何でも持っているように見える子でも、不安なことがあるのだろうか。ことりはほんのわずか、彼女をよく知るひとしかきづけない程度に表情をやわらげると、初音を安心させるようにちいさくうなずく。それを見た初音は喜色を滲《にじ》ませ、「よかった」と手を合わせた。

「なら、きっとねえさまはどんなお願いも聞いてくださるわよ。とうさま」

「ローレライ」

それまでむっつりと黙り込んでいた父親がおもむろに口をひらく。

「結婚の準備には金がかかる。莫大《ばくだい》な金が。先々代の頃は、雨羽の歌姫といえば、神祀りのどの家からも引く手あまたで結納金《ゆいのうきん》で稼げたそうだが、最近は昔に比べると、神祀りの家同士の婚姻も減ったからな……」

「それはひとりの当主が何人も花嫁を抱えていた時代とはちがうわよ」

肩をすくめて、初音がつぶやく。

「先代からの借金も膨らむばかり。うちの窮状はおまえだって知っているだろう？」

父親の目がこの部屋に入ってはじめてことりを捉える。暗い目だ。

話のゆくえに不穏さを感じて、ことりは身を硬くした。

「ローレライ。おまえはここを発《た》ち、新都にある《贄《にえ》の間《ま》》に行きなさい。すでに遣いは出してある」

やっぱり――と、ことりの胸につめたい波紋が広がった。

この話をするために父親はことりを本邸へ呼んだのだ。そうでなければ、十年以上離れに置いていた娘をわざわざ呼びつけるはずがない。

新都にある贄の間では、娘たちを魔の贄に差し出す代わりに、親たちは相応の報酬を得る。雨羽の主家にあたる水鏡家の若君は、もう何年も前から当主に隠して石を金に変える魔を飼っていて、得られる富と引き換えに魔に娘たちを捧《ささ》げているのだという。使用人たちが時折離れの外でしている噂話で、ことりもそのことを知っていた。

「異論はあるか、ローレライ」

贄の間の話を聞いたときから、いつかこういう日が来る予感はしていた。

一瞬動揺したのは、今日がその日だとは考えていなかったからだ。

目を伏せると、ことりは首を横に振った。

「ねえさま……」

初音が憐憫《れんびん》をこめた目でことりを見つめる。きらきらと輝く菫色の眸《ひとみ》は朝露のように濡《ぬ》れて、今にも涙がこぼれそうだ。でも、初音がことりをたすける気がないこともわかっている。それをひどいとは思わない。ローレライとはそういうものだから、ずっと殺されなかっただけでも感謝するべきなのだろうから。

「何もないなら、もう下がってよい」

父親に命じられ、ことりは来たときのようにそばつきの男について部屋を出た。

ドアを閉めるとき、父親のつぶやく声が聞こえた。

「おびえもしない。気味のわるい娘だ……」

「でも、最後にお金になったんだからいいじゃない」

「……まあそうだが」

囁くふたつの声に、ノブにかけた指がずきっと針で刺されたように痛んだ。

唇を引き結ぶと、薄暗い廊下をまたとぼとぼ歩く。

ローレライと呼ばれるようになったときに父親から言われた。

おまえはただ、いつかのときのために生かしているだけなのだと。

魔を呼び寄せる《みにくい声》。神の寵愛《ちょうあい》を競ってうつくしい歌声が奏でられる歌姫たちの郷で、ローレライに生きる価値はない。

だから、望みは持たない。何を願ってもいけない。

(目を伏せて)

(口を閉じて)

(ただこの命が尽きるのを静かに待つだけ)

ずっとそう思って生きてきた。

(だから、あしたも――)

同じように、目を伏せて、口を閉じて、ただ静かに死を待つだけ。

そう思って――いられる、はずだった。

＊……＊……＊

「着きましたよ」

新都では雪が降りはじめていた。車窓から、高層ビルが立ち並び、赤い航空障害灯が明滅するどこか無機質な夜景を眺めていたことりは、運転手がかけた声で顔を上げた。

今日のことりは、精緻なレースが袖や裾をふちどり、裾が緩やかに広がる白のクラシカルなドレスを身につけていた。色素の薄い髪はサイドで緩く三つ編みにして、ちいさなパールの髪飾りをいくつも挿してある。贄の間への献上品として最低限着飾らされたのだ。

「お待ちしておりました、お嬢さま」

ヒールがあるせいで歩きづらい靴にもたつきながら車を降りると、贄の間の管理者であるという黒のスーツに仮面をつけた男がことりを迎えた。

目の前には、雪曇りの夜の空にそびえたつ高層ビルがある。なんとなく雨羽のような洋館か、昔ながらのお屋敷《やしき》を想像していたので、意外に思った。このビルの地下に贄の間はあるという。

仮面の男について長い廊下を歩き、地下に続く階段をくだる。足元に照明が設置されているが、光量を落としているせいで、先のほうはよく見えない。まるで地の底に続いているみたい、と思う。

「どうぞこちらへ」

男がカードで認証すると、自動ドアが開いた。

がらんどうの広い部屋の一角に、場違いなようにも見える祭壇が設けられている。

菓子をのせた杯や酒、いくつかの櫃《ひつ》が並ぶ先には漆塗りの台が置かれ、そのうえに螺鈿《らでん》細工の匣《はこ》が鎮座している。一見、ふつうの匣に見えたが、蒼白《あおじろ》く冷気がのぼるような微《かす》かな瘴気《しょうき》をまとっている。魔の気配だ。神祀りの血を引くため、ことりもこういったものは見たり感じ取ったりすることができた。

「ここでお待ちを。時が来たら、あちらからいらっしゃいますので」

説明する管理者に、ことりはうなずく。

「いらしたあとは、なるべく手短に済ませてくださるとたすかります。《献上品》によっては活《い》きがいいというか、暴れるので後片付けが大変で……。防音壁があるので、悲鳴は聞こえないんですけどね」

そこまで言ってから、「ああ」と仮面の男はくぐもったわらい声を立てた。

「あなたには不要な話でしたね。――では、失礼いたします」

男が自動ドアから出て行くと、外からロックがかかる電子音が聞こえた。おそらくすべてが済むまでは開けてもらえないのだろう。防音仕様になっていることといい、専用に造られた部屋としか思えなかった。

自分の身の置きどころにすこし悩んでから、ことりは靴を脱いでそろえると、杯や櫃などの捧げものの横にすとんと腰を下ろした。背筋を伸ばして、魔が現れるのを待つ。言いつけどおり、手短に済ませるように心がけねばならない。

どれくらい時が経《た》った頃だろうか、近くで微かな物音がした。ことりはいつの間にか閉じていた目を開ける。

――もしかして「いらした」のだろうか。

音がしたほうへ目を向けると、先ほどは閉じていた櫃の蓋がわずかに横に動いていることにきづいた。とくとくと鼓動が速くなる。部屋に入ったとき、螺鈿細工の匣のほうに魔の気配を感じたが、実際は櫃のほうだったのか。あの中からいったいどんなおそろしい魔が現れるのだろう……。

「狭い……」

ややあって響いたのは魔とはちがう、ひとの声だった。

直後、がたん、と櫃の蓋が勢いよく外れる。

「こんな箱の中で何時間も耐えられるか、ばか青火《せいか》。おれをなんだと思ってるんだ」

控えめの照明にうっすら照らし出されたそのひとを見て、ことりは瞬きをする。

低めの声から発せられるのは、あまりおきれいとは言えない罵りだったが、櫃の中から立ち上がったのは神々しいくらいにうつくしい少女だった。花嫁衣装を思わせる白の掛下に白の打掛をかけ、艶《つや》やかな黒髪が細い雨のように打掛に流れている。

「――ん？」

こちらの存在にきづいたのか、切れ長の眸《ひとみ》がぱちりと瞬き、ことりを見やる。

ふいに夜闇に火花が散るすがたを幻視した。

そういう、こわいような、烈《はげ》しいうつくしさだった。

いったい、いつからここにいたのだろう。

「おい」

少女がやにわに声をかけたので、ことりはびくっとした。

いつもの癖で、自分ではなく別の人間に声をかけたのではないかと思ったが、無論、この部屋に少女とことり以外にひとはいなかった。

「いや、おまえだ。おまえ」

肩にかかった髪をわずらわしげに払い、少女はこちらにちかづいてくる。

「そのようすだと、親にでも無理やり売られたか？　どこの家の娘だ」

「…………」

答えないことりをふしぎそうに見て、少女はふるえることりの指先に目を落とした。

「そうふるえずともよい。わたしはひとだし、べつに取って喰《く》いはしないぞ？」

少女はたぶん勘違いをしている。ふるえているのは、目の前の少女の苛烈な存在感に対してだ。なんだかこわい。まるで神を前にしたときのよう。

「……おい、聞こえているか？」

いっこうにしゃべらないことりに、少女は怪訝《けげん》そうな顔をして尋ねる。

それで我に返り、ことりはおそるおそる顔を上げた。でも、またすぐに目を伏せ、こく、と少女にもわかるように顎を引く。少女を無視しているわけではないと言いたかったが、それ以外の伝えかたは浮かばなかった。途方に暮れていると、こちらを見つめていた少女がつと手を伸ばした。

「咽喉に封印があるな」

ことりの咽喉には、赤い花の印がある。一般人には刺青のようにしか見えないはずだが、すぐに封印と見抜いたあたり、彼女はその筋の人間なのだろう。

確かにことり同様、この子も贄として売られたなら、ふつうの家の子ではない。おそらく神祀《まつ》り四家の末端の、雨羽同様、困窮した家の親が金と引き換えに売り払ったのだろう。

ただ、彼女からはなぜか無理やり売られた子らしいおびえや悲嘆が感じられなかった。ふしぎなくらいえらそうで、でもなぜかいやなかんじがしない。

「まったくクソ野郎はどこにでもいるなー。おまえも不運なやつだな」

言葉のわりに、彼女の眼差《まなざ》しはさらっとしていて、あまりかわいそうに思っているようではない。そのやさしくもないが、つめたくもない眼差しの温度に、ことりはほっとした。

彼女は相手を下にも見ないし、上にも見ないことが自然と感じ取れたからかもしれない。

「まあ、最後の最後でおまえはツイてる。なにしろ、このわたしが居合わせたんだからな」

どういう意味だろうと考えていると、ぴりっと背筋に冷気が走った。

並んだ杯や供物が小刻みに揺れはじめる。

「ん？」

異変は漆塗りの台のうえに鎮座する匣から起こっていた。

しばらく匣が振動したあと、中から押し上げられるように螺鈿の蓋が外れる。ことりの腕で抱えられる程度の大きさの匣から現れたのは、広い部屋いっぱいに身体《からだ》をうねらせる大蛇だ。

──「いらした」のだ。

供えられていた品々をなぎ倒し、天井付近まで伸び上がった大蛇は、赤い目に少女とことりを映した。どちらから先に喰《く》うか、獲物の品定めをするような間があり、ひたりと少女のほうで目の動きが止まる。

「ほーう？　わたしのほうから食べるのか？　お目の高い蛇だな」

少女はなぜか軽く腕を組んだまま逃げない。目を眇《すが》めて、観察するように大蛇を見上げている。その恐れ知らずの横顔が、子どもの頃、魔から自分を庇《かば》って大怪我《けが》をした友人に重なった。

──つばきちゃん！

六歳の自分の叫び声が脳裏でこだまする。それまで一枚隔てたガラス越しに眺めていたみたいな現実が急に砕け散り、忘れていた恐怖がせり上がる。

──つばきちゃん、死なないで……っ！

「──っ！」

逃げて、と叫ぶ代わりに、横からぶつかるように少女を引き倒す。

「うわっ」

ことりから体当たりを受けるのは、少女にとっても予想外だったようだ。ぶつかった勢いでよろめき、折り重なって床に倒れた。肩に焼けつくような痛みが走る。大蛇の瘴気がかすめたのかもしれない。倒れた少女になお覆いかぶさるようにしていると、ことりたちのすぐ横に大蛇の尾が振り下ろされた。床が砕け、破片がこちらまで飛んでくる。

（……おねがい）

荒ぶる気配を正面から見据えるのはこわくて、ことりはきつく目を閉じながら魔に願った。

（食べるならわたしにしてください。……どうか彼女ではなく――）

贄《にえ》ならひとりでも十分なはずだ。そして、それはこのうつくしく生気にあふれた女の子ではなく、ことりのほうがふさわしい。

だって、わたしには帰る場所もない。

会いたいひともいない。会いたいと思ってくれるようなとくべつなひとも。

何も、何もない。

なんて空っぽなんだろう。

それなら、せめてひとつだけでも、生きててよかったと思えることをしたかった。そうしたら、大蛇に食べられたあと、もしかしたら魂だけはつばきちゃんに会えるかもしれないから。

（だからおねがい、どうかわたしのほうを食べてください）

必死の願いが届いたのか、ずるりと巨体を這《は》いずらせ、大蛇が口をひらいた。

長い尾が振られると、部屋全体が振動し、壊れた天井板や照明具が落ちてくる。庇うように少女にしがみつき、ことりは身を硬くした。

（来る）

鉄錆《てつさび》に似たにおいの瘴気が押し寄せ、大蛇が迫る。

刹那、大蛇の鼻先でちりりと火花が跳ねた。


「火見《ひみ》」


少女が何かに呼びかけた瞬間、ぱっと赤い花がひらくように大蛇が燃え上がる。

現れたのは、紅蓮《ぐれん》の炎《ほのお》をまとう一羽《わ》の火鳥《かちょう》だ。

羽を広げた火鳥が大蛇から離れると、黒い蛇身が爆《は》ぜて飛散した。灰に転じた残骸がはらはらと床に落ちてくる。けれどそれらは床に触れるや、まぼろしのごとく消え、あたりはもとの広いだけの部屋に戻った。

さらりと炎の残り香のような、微かな鉄のにおいが漂う。

いったい今何が起きたのだろう。

「焦った。まさか俺を庇うやつがいるとは思わなかったから」

ことりの身体を軽く横に押しやり、身を起こした少女の肩に先ほどの火鳥が留まる。

――いや、「少女」ではない。

肩に落ちた長い髪をかきやると、そのひとはポイッと髪だったものを取り去り、床に放った。かつらだったらしい。

「この死にたがりめ」

ことりに向けて呆《あき》れたふうにつぶやき、自分の衣をためらいもなく引き裂く。先ほど身を楯《たて》にして庇ったときに魔の瘴気がかすめたようで、ことりの右肩は傷つき、腕に血が伝っていた。

ことりのかたわらにかがむと、そのひとは裂いた布を使って止血する。慣れた手つきだった。すばやく手当てをするひとを間近で見つめ、ようやくことりは合点《がてん》がいった。

女の子ではない。この子はことりと同い年くらいの男の子だ。それもすごくきれいな。

「おい、なにか言え。あー言えないのか」

ばつがわるそうにつぶやいた男の子をことりは見返す。何度か口をひらこうとしてから、伝えるすべもなく、そっと相手の衣の袖を引いた。

こちらの手に目を留め、「どういたしまして」と返される。

ことりはびっくりして目をみひらいた。

「なんだ」と相手は逆にいぶかしげな顔になる。

(伝わると思わなかったから……)

「……あ、痛むのか?」

それは言いたいこととはちがったので首を横に振る。

「止血はしたけど、魔につけられた傷だと専門の医者に診せたほうがいいな……」

そのとき、間近で甲高い電子音が鳴った。声もなく驚くことりをよそに、帯のあいだから端末を取り出した彼が、「ああ、俺」とそれを耳にあてる。

「今終わった。裏に車を回してくれ。ああ、ひとり怪我人がいるから、魔障《ましょう》の専門医がいる病院も手配しておけ。ちがう、怪我したのは俺じゃない。どこの誰かなんて知るかよ」

ことりのことで何やら相手ともめているらしい。心配になって目を上げると、彼はことりから離れ、相手と会話を続けた。

「のろのろしてると、水鏡の連中にきづかれるから切るぞ。ああ? 好きで着たんじゃない。いいか、二度と同じことを言うなよ、ばーかばーか、青火失《う》せろ! ばか!」

電話の相手はまだしゃべっているようすだったが、彼は強制的に通話を切った。端末をしまい直していると、遅れて部屋の異常を感知したらしく、警報機が鳴りはじめる。

赤く点滅しているサイレンを、彼は大蛇が出てきた匣《はこ》をぶつけて壊した。微塵《みじん》もためらいがなかった。先ほどからうっすら感じていたけど、この男の子はこういう荒事に慣れているようだ。

この場にいたのは、贄として売られたからではないのだろうか。だって、彼はさっき、いとも簡単に大蛇を燃え上がらせた。まるで大蛇が現れるのを待ちかまえていたみたいに。

「ほら」

軽く腰をかがめて、彼は座り込んだままのことりに手を差し出す。

ぼんやり見つめていると、焦《じ》れたふうに彼のほうから手をつかんで引き上げた。

「捕まる前に逃げるぞ」

大蛇が暴れたためか、施錠されていたはずの電子錠は壊れて、ドアが勝手にひらいてしまっていた。逃げる側からすれば、好都合である。だが、階段を駆けのぼり、地上階に出たところで、異常を察知したらしい警備員がこちらに走ってくるのが見えた。

「早いな……」

彼の肩から離れた火鳥が、先導するように前方を飛ぶ。

廊下を駆け抜け、突き当たりの非常口のドアを開ける。外に出ると、目隠しがされた黒のキャンピングカーがブレーキ音を上げながら歩道に横づけされた。

「若！」

車の窓が開いて、二十代半ばくらいの赤髪の男が顔を出す。優男風だが、迷彩のパーカーを着ていて、耳には金のピアスをつけている。少々胡散臭《うさんくさ》い風体である。

「外に逃げたぞ！」

背後からばたばたと警備員たちも歩道に出てくる。

彼はことりを引っ張り、キャンピングカーに飛び乗った。スライド式のドアが閉まりきるのを待たず、アクセルが踏まれて、車が急発進する。勢いあまって座席から転がり落ち、ことりは声もなく呻《うめ》いた。

「その運転どうにかしろ。青火《せいか》」

青火、と呼ばれた青年は「はいはーい」と鼻歌でも歌いそうな調子で応じて、ハンドルを切る。車が右に急カーブしたせいで、男の子とことりは床にまた転がった。まるで改善の兆しがない。彼を下敷きにしてしまったことにきづき、ことりはあわてて身を起こす。

叱られるのではないかと身をすくめたが、「肩打った……」と彼は運転席のほうに文句を言った。

「とっさに女の子を守ってえらーい。わたしの日頃の教育のたまものですね！」

「女の子じゃなくて怪我人だからだ。おまえの言うことは大半がろくでもないから、参考にしてない」

「素直じゃありませんねえ、若君」

視線にきづいて目を上げると、フロントミラー越しに赤髪の青年ににっこりわらいかけられる。凛《りん》とした男の子の雰囲気とはまたちがって、人好きする笑みだ。

「彼女がさっき電話で言っていた子ですか？」

「水鏡に裏ルートで売られたらしい。どこの家の娘かは知らない。咽喉に封じの術がかけられていて、口がきけないんだ」

「それはまた……」

ことりのようすをうかがいつつ、青火はアクセルを緩めた。

「第十八病院に連絡を入れておきましたよ。魔障専門の外来がある」

「あー、《魔女》か」

「あのひと、わたし苦手なんですよねえ」

「得意なやつなんかいないだろ。俺はきらい。ゲジゲジのほうがまだマシ」

「そこまでですか？」

ビル内を走り回ったせいか、彼はへばり気味に息を整えている。

目が合うと、「ここから一時間くらいかかるけど、平気か」と訊《き》かれる。

ことりは戸惑いつつ、ちいさくうなずいた。

（このひとたちは何者なのだろう……）

迎えの車を用意していたことを考えても、彼がはじめからあの場所から逃げるつもりでいたのはまちがいない。ことりがいたことのほうが、彼らにとっては想定外だったのだろう。

鴉《からす》よりすこし大きいくらいの、彗星《すいせい》のように尾の長い鳥が彼の膝に乗って、身体《からだ》をまるくふくらませた。確か彼は火見と呼んでいた。羽根の一本一本に炎をまとっているが、彼の着物が燃えてしまうようすはない。おそらくふつうの鳥とはちがう、神の領域に属する何かなのだろう。神祀《まつ》りの血を引くことりには存在が知覚できるが、警備員たちには見えていないようだった。

《火鳥》は火守家が祀る神だったはずだ。魔を祓《はら》っていたことといい、かの家に関係するひとたちなのだろうか。

考えていると、最後に雨羽の家で父親と交わした言葉がよみがえった。

──贄の間に行きなさい。

ことりが逃げ出したら、父親たちは初音の結婚に向けた準備金を手にできなくなる。きっとすごく怒るはずだ。言いつけどおり死ぬこともできなくて、お金にもならない。わたしはなんて役立たずなのだろう……。

急に嵐のような心もとなさに襲われ、ことりは車のドアに手を伸ばした。今すぐ贄の間に引き返して、魔に食べられないといけない衝動に駆られたのだ。

「おい！」

　びっくりしたふうに彼がことりの手をつかむ。

　ドアはひらかなかった。ロックがかけられていたらしい。

「……飛び降りでもする気か？」

　胡乱《うろん》げに見つめられ、ことりは瞬きをしたあと、力なく首を横に振った。

　贄の間の魔はこの男の子によって祓われてしまった。戻ったところでことりを食べてくれる魔はいない。冷静になれば、おかしいとわかるのに、いったい何をしているのだろう。でも、こうして息をしているだけで、無性に不安でたまらなかった。

「もの言いたげだな」

　とりあえず手を離した男の子が、うなだれることりに向けて言った。

　彼はしばらくことりの反応を待っているようだったけれど、ことりが俯《うつむ》いたままふるえていると、息をついて窓の外に目を戻した。彼の膝に乗っていた火鳥が片目を開けて、またうとうとと目を閉じる。途中で青火が痛み止めをくれた。それから病院に着くまでのあいだ、男の子とことりは言葉を交わすことはなかった。

　救急診療の受付に向かうと、すでに話はついていたらしく、魔障外来の診察室に通された。

キーボードを打っていた二十代後半くらいの女性が「あら」と顔を上げる。緩くウェーブがかかった黒髪をシュシュで束ね、赤のセルフレームの眼鏡をかけている。白衣の下にはフリルがどっさりついた黒のドレスを着ていた。見かけで判断してはいけないと思うけど、あまり医師らしくはない。

「チビ、ちょっと見ないうちに大きくなったじゃないのー。元気だった？　あ、背はそこまで伸びなかったね？　百六十五センチ？」

「百六十七・三センチ」

「それ訂正する必要あった？　ほとんど同じじゃなーい？」

「うるさいな。そっちこそ、相変わらずぼったくりの似非《えせ》医者やってるんだろう」

「君、相変わらずおきれいな顔で、とっても口がおわるいね？」

にやにやとわらって、魔女と呼ばれた女性はことりに目を移した。

「で？　彼女が電話で言ってた？」

「そう、大蛇の魔に肩を傷つけられた。痕が残らないように治してやって」

「ふふん、安心して。そういうの大得意よ、あたし。治療費は高いけどー」

何気なく投げられた言葉にことりは固まる。当然だが、家族に売られたことりに医者に払えるお金などない。

（どうしよう……）

蒼褪《あおざ》めていると、ことりのようすにきづいたらしい青火が彼に言った。

「若、お嬢さんがなんだか困っているようですよ」

「ん？　そうなのか？」

「払えないって思ったんじゃないのー？　君、まさか自分で連れてきて、相手に治療費払わせる気なの？」

「お嬢さんは若を庇《かば》って怪我《けが》されたらしいですけど」

「ひえ、最低じゃん……」

「おまえたちは俺をなんだと思ってるんだ」

彼は不服そうに嘆息する。それからふと何かにきづいたようすで、ことりのほうに手を伸ばした。ぺた、と手のひらが額に触れる。ことりは驚いて身をすくめた。

首を絞められる、と思った。ことりにとって、誰かが手を伸ばしてくるのはそういうことだった。だから、指にかかった前髪を軽く払っただけで手が離れていったとき、はじめ、何が起きたのかよくわからなかった。

「この娘、熱があるぞ。はやく手当てして、解熱剤をのませてやれ」

「あら、ほんと？　よくきづいたわねえ。さすがひよわのプロはちがうな」

「だから、一言多い」

熱を測るために伸ばされたらしい手を、離れたあともずっと見つめていると、「……そう不安そうに見るな」と彼は別の意味に取りちがえたようで言った。

「金は俺が払う。おまえは払わなくてよい。あと、さっきのは八割は横から急におまえが出てきたせいだけど、二割くらいはすぐに魔を祓わなかった俺にも原因があった……気がするので……」

歯切れ悪く口にする男の子を、横から青火と魔女がにこにこと眺めている。

彼は苦虫を噛《か》みつぶしたような顔になった。

「怪我をさせたのはわるかった。ちゃんと治すから、ゆるせ」

ことりはぽかんと彼を見上げた。

彼は何も悪くない。彼の言うとおり、横から急に飛び出したのはことりだ。

ゆるしを請う必要もない。ことりははなから身を守ることを放棄していたのだから。

途方に暮れてしまって、足元に目を落とす。

「若、ちゃんと謝れてえらかったですね――いたっ！」

話しているさなかにいきなり青火が悶絶《もんぜつ》した。膝を蹴られたらしい。

「そばつきは大事に扱うものですよ、若君」

「主人を大事に扱ってないそばつきだから、大事に扱わない」

「へりくつではー？」

「ほら、あんたたち一度出なさい。この子の治療をするから」

魔女が声をかけると、さすがにまずいと思ったようで、男たちは存外素直に従った。残されたことりは、不安な面持ちで彼の背中を目で追う。でも、すぐにドアが閉まってしまった。

「魔からあいつを守ったんだって？　あなた見かけによらず勇敢なのねえ」

からかうように魔女に言われて、ちいさく首を振った。べつにそんなたいそうなことはしていない。

「あら、謙虚」と魔女は愉快そうにわらう。

パーティションで仕切られた診察台にことりを招き、魔女は髪をくくり直した。診察台に座り、肩を見せるように言われる。新品のドレスは血で汚れ、肩に張りついてしまっていた。魔女に手伝ってもらいながらファスナーを下ろして、右肩をあらわにする。赤黒く爛《ただ》れ、血の滲《にじ》んだ傷が現れた。車内で痛み止めをもらっていたので、痛み自体はあまり感じない。

「魔障《ましょう》の治療法は知ってる？」

尋ねた魔女にうなずく。雨羽の得意分野だ。子どもの頃、歌姫がこうした魔障を治療するのを何度も眺めた。

「なら、話は早いね。楽にして」

ことりの対面に座った魔女が、軽く咽喉の調子を整え、咳払《せきばら》いをする。

ことりの腕を取ると、囁《ささや》くような声で歌いはじめた。春の賛歌を思わせる可憐《かれん》な初音の声とはちがい、夕暮れどきに響く鐘の音に似た、神聖さを感じさせる声だ。

口ずさまれているのは、龍神に向けた《祝い》の言の葉をのせた歌である。歌姫たちが扱う、特殊な言の葉で編まれた歌は《歌姫の歌》と呼ばれ、水ノ神——龍神の力を一時的に借り受け、奇跡を起こす。

魔障は魔によって傷つけられた箇所から、穢《けが》れが体内に入ることによって引き起こされる。このため、歌姫は体内の穢れを清め、損傷を受けた箇所を修復させるのだ。

魔女の歌声に耳を傾けていると、熱っぽくうずいていた傷口から、慈雨に触れたように、すっと熱が引いていくのを感じた。

きづいたとき、ことりの肩に生じた魔障は傷痕だけを残してほとんど治っていた。

(すごい……)

雨羽の家でもこれほどの力を持つ歌姫は少ないのではないか。この力を持つということは、魔女も雨羽の血を引く歌姫なのだろうか。でも、外の世界でひとりで生きている。

「どう？　調子は？」

ことりは治してもらった肩に手で触れる。実際に自分がされてみると、ほんとうに奇跡みたい、とふしぎに思う。問題ない、と相手にわかるようにうなずくと、「よかった」と魔女は微笑《ほほえ》んだ。備え付けの棚からいくつかの薬を出し、サイドボードに置いた水差しからコップに水を注ぐ。

「解熱剤に、あとは炎症を抑える薬。毎食後に二週間は飲んでね。魔障の治療は体内の穢れを清めるけど、あなたの身体のほうにも負担がかかるから、しばらくは安静にするように。あとこれを朝と夕に肩に塗ること」

　薬袋の横に置かれたのは、ちいさな丸いケースに入った軟膏《なんこう》だった。

　おいで、と言われて身体をちかづけると、蓋を開けた軟膏を魔女は指ですくった。ためらいもなくことりの肩に塗ってくれる。

　ふんわりと澄んだ薬草の香りが鼻をくすぐった。すこし沁《し》みたが、安堵《あんど》のほうが大きかった。さっき、熱を測るために伸ばされた男の子の手のひらを思い出す。誰かに労《いた》わられるのは何年ぶりだろう。ひとの手はこんなにあたたかかっただろうか。

　急に涙腺が緩みそうになり、ことりはぎゅっと唇を引き結んだ。このひとたちだって、ことりがローレライだと知ったら、こんなふうには接してくれなくなる。

「チビの仕事先で出会うなんて、あなたも訳ありよねー。見たかんじ、クソみたいな家にいたっぽいけど……。ほんと神祀りの家って前時代的なところが多いわよねえ」

　ことりの出自にはある程度察しがついているらしく、魔女は嘆息した。否定も肯定もできずにいることりに目を合わせ、「まあ生まれたときからそこにいたんじゃ、クソかどうかなんてわからないか」と額を弾《はじ》く。

軟膏を塗り終えると、魔女は肩のうえにガーゼを置いて包帯を巻いた。

そっとことりの背中に手を置き、囁きかける。

「鳥籠の外へようこそ、不憫《ふびん》なお姫さま」

瞬きをして、ことりは顔を上げる。

魔女はにやにやと愉快がるようにわらっている。

「——外の世界には何があるのでしょうね？」


「終わったわよー」と魔女が声をかけると、彼と青火が診察室に戻ってきた。

ゼロがたくさん並んだ請求書を魔女がぴらっと差し出す。彼はふうんという顔をしただけでそれを青火に渡したが、青火のほうは「ひえ」と声を上げて蒼褪めた。いったいいくらだったのだろう……。

「この子、このあとどうするつもりなの？　家は絶対クソよ」

「どんな家でも本人が帰りたいなら戻すのが筋だろう。俺は魔を祓《はら》いに行ったのであって、ひとの保護が仕事じゃない」

「ええ、つめたくなぁい……？」

「戻りたくないなら、預け先くらいは考えるけど」

彼は診察台に腰掛けることりの対面に座った。さっきは白無垢《しろむく》を着ていたけど、短いあいだに着替えてきたのか、今は鉄紺の袷《あわせ》に墨色の羽織《はおり》をかけている。品よく落ち着いた風合いで、彼に似合っている。ちなみにことりのほうも、血のついた服をいつまでも着ていられないので、魔女にワンピースと靴を貸してもらった。はじめ、レースがたっぷりついた黒のドレスを勧められたのだが、動きにくそうなので遠慮した。

「で、どうなんだ？」

切れ長の眸《ひとみ》にじっと見つめられ、ことりは無意識のうちに手を擦《す》り合わせた。

「売った家でも帰りたい？　そもそも、おまえはどこの家の人間なんだ」

「雨羽じゃなーい？　淡い髪色に菫色《すみれいろ》の眸っていったら、雨羽直系の姫たちの特徴だもの」

「あーそんな話も聞いたような……。そうなのか？」

三人の視線が向いたので、ことりはおずおずうなずいた。

ほかの神祀《まつ》りの家のことを知らないことりは、一族ごとに容姿の特徴があるのかもわからなかったが、確かに雨羽直系の血が濃いほど、髪と目の色の特徴は強く出る。主家である水鏡は、目の色が深い青をしていて、またちがった。

「あのビルは水鏡のバカ息子の持ちものらしいから、雨羽だとつながりもありそうだな」

彼はとりあえず納得したようすで言葉を切った。

ローレライに話が及ばなかったことに、すこしほっとする。そもそも、ローレライという存在が他家にどれほど知られているのかも定かではない。雨羽の家は生まれたローレライを徹底して隠し、ことりは六歳から今まで家の外の人間との関わりが一切なかった。

「──その封じ、俺が解いてやろうか？」

思案げな間をあけたあと、彼が言った。

瞬きをして、ことりは彼を見返す。

(封じを、解く……)

そんなことはこれまで一度も考えたことがなかった。

封じを解く──声を取り戻すなんて。

「封じって、さっき車内で言っていたやつですか？」

尋ねた青火に、「この子、咽喉のところに花みたいな赤い印があるでしょう」と魔女がことりの咽喉を示した。

「呪術師がほどこした封じの術よ。しかもかなり強力な」

「呪術で声が出せないようにしていると？」

「ええ。ほんとクソみたいな術だけどね。多いのよね、機能していない地早の残党で呪術師に身を落としたやつ」

魔女は忌々しげに肩をすくめた。

「でも、そんなもの簡単に解けるの？　優秀な解呪師でも連れてこないと──」

「だから、俺が解くって言っただろう」

彼が目を上げると、カーテンレールのうえで毛づくろいをしていた火鳥《かちょう》が下りてきて、彼の肩に留まった。紅蓮《ぐれん》の炎《ほのお》をまとっているが、彼が熱さを感じているようすはない。

「火見の炎は、うつつのものは焼けないけど、魔とか呪いのたぐいなら何でも燃やせるからな」

「ああ、なーるほど……」

「——それで、おまえはどうしたい？」

羽をたたんだ火鳥を見ていたことりは、自分に向けられた言葉で我に返った。

どう答えたらよいかわからず、目を伏せる。

ことりの人生において、あれをしてはならないとか、これをしろ、というのは言われ慣れていたけれど、どうしたいかを訊《き》いてくるひとはいなかった。ローレライは魔を呼び寄せる《みにくい声》の持ち主で、そうとわかるや皆、声を封じられてきたから、それ以外の選択肢を考えたこともない。過去のローレライたちも、そうやってさだめを受け入れて死んでいったのだろう。

ことりの沈黙を別の意味に受け取ったようで、「ほら」と彼は取り出した端末をことりに渡した。危うく取り落としそうになりつつ、両手で握り直して、淡く輝く画面に目を落とす。ここに文字を打てということだろうか？　うかがうと、うなずかれた。

画面に指をのせると、文字が出たので、おそるおそる打つ。

一文字削除。

とん、とん……。

変換失敗。

「代わりに打ちたい……」

「若、待ちましょう。お嬢さんはがんばってるんですよ」

端末にようやく文字を打ち終えると、ことりはそれを彼に返した。

端末の重みが彼の手に移る瞬間、胸がちくりと痛んだ。彼らがことりを親身に思いやってくれるのはこれで終わりだと思ったから。でも、だからこそ嘘《うそ》もつけない。

――わたしの歌声は、魔を呼び寄せます。

――危険ですので、封じは解かないほうがよいです。

「ローレライ……」

三人のうち、魔女だけがすぐに思い当たったらしくつぶやく。

「百年から数百年に一度生まれるという雨羽の禍つ姫ね」

「……そんなのがいるのか？」

ふしぎそうに尋ねた彼に、「あたしの母親も雨羽の末端の家の生まれだったから、聞いたことがある」と魔女が首肯する。

「確かに十年くらい前に一度、噂《うわさ》は流れたかも。それらしい存在が現れたようだと。でも、雨羽の家がうやむやにしちゃって、あたしもそのまま忘れていたわ。生きていたのねえ」

「雨羽の歌姫は、魔障を癒《いや》す力があるんだろう？」

「そのとおり。力の大小はあるけど、基本的にはそんなかんじね。でも、ローレライの力はまるでちがうの。歌うと魔を呼び寄せる。おそろしい歌声だそうで――昔はそうだとわかるや処分されていたっていうわ」

「ふうん。で、今の世では魔に喰《く》わせて処分か。胸くそわるいな」

顔をしかめて、彼は端末をしまった。

そのとき診察室の固定電話が鳴り、「はーい」と魔女が受話器を取った。別の急患が入ったらしい。

「あたしはちょっと外すけど、彼女、治療で疲労が蓄積しているはずだから、今晩は休ませてあげて。隣室のベッドなら空いているから」

「わかりました。あのー、わたしたちにも仮眠室を貸してもらえたりは――」

「元気なやつらは車で寝たら？」

「はい……」

しゅんと青火は肩を落としたが、「じゃあよろしく」と魔女はあわただしく部屋を出ていった。青火のほうも、仮眠用の物資や食料の買い出しに行くことにしたらしくその場から離れたので、部屋の中にはことりと彼だけが残された。

魔女が言っていた隣室には、簡易ベッドが一台置いてある。カーテンを閉めている彼の背中に目を向け、気分を害してしまっただろうか、と考える。

封じを解いてやると言ってくれたのに、断ってしまった。

でも十一年前、ことりは歌ったせいで、その場に大蛇を呼び寄せ、友人に大怪我《けが》をさせた。彼女はその怪我がもとで死んでしまったと聞いている。

――つばきちゃん。

神祀りの家の交流会でたった一度会っただけの、それでもことりが唯一心をひらくことができた大切な女の子。あのときのことを思い出すと、今でもこわくてふるえだしそうになる。

足元に目を落としていると、彼が何かをぺりっと剝がしてことりの額に貼った。

「!?」

つめたさにびっくりする。ぱちくりと目を瞬《しばたた》かせたことりに、「冷却シート」と彼は何がおかしかったのか咽喉を鳴らした。

「魔女はあのなりでも腕は確かだから、安心してよいぞ」

寝台を離れようとしてから、ふいに彼の視線が自分に向かうのを感じた。

「――あのとき、おまえ死ぬ気だったろう」

肩を揺らして、ことりは顔を上げた。

いましがた浮かんだ微《かす》かな笑みは彼から消えていた。

言い当てられた、と思った。

——この死にたがりめ。

ちがう。彼はきっとはじめから見抜いていた。

贄の間でことりがたすかりたいとは思っていなかったこと。ともすると、大蛇に自分を食べるよう願ったことさえ。それでも、自業自得だなんて言わないで、傷を負わせたことをゆるせ、と言った。

じんわり羞恥に似た気持ちが込み上げる。

(きっとこんな子、たすけるんじゃなかったと思っているんだろうな……)

「まあ、なんでもよい。おまえの命はおまえのものだし、好きにすれば」

彼はそれ以上は追及せず、「何か訊きたいことは?」とことりに尋ねた。

首を横に振る。何もなかった。いたたまれなくて、早くひとりにしてほしかった。

「そういえばおまえ、結局なんていうんだ、なまえ」

ふと思いついたようすで彼が訊いてきた。

(ローレライ……)

ぽろりと口からこぼれる。もちろん彼には聞こえないということもわかっている。

「雨羽――なに？」
端末を取り出した彼は「充電切れてる……」とつぶやいた。
代わりにベッドのうえを示されたので、そこにそろそろと指で文字を書いた。
ローレライではない、もう誰も呼ばなくなったほんとうのわたしのなまえを。
彼が首をひねったので、もう一度なぞる。次はすこしだけゆっくりと。
「こ、と、り」
今度は正しく読み取ると、彼はベッドのうえに同じように文字を書いた。
――か、お、る
浮かび上がった文字のまばゆさに目を細める。
強い輝きを持って、それはことりの胸に飛び込んできた。
――かおる。
「火守馨《ひもりかおる》だ」
聞き覚えのある名に、ことりは睫毛《まつげ》をはたりと揺らす。
――ねえさま。わたしね、婚約することになったの。
最後に交わした、夢見るような初音の声がよみがえる。
魔を祓《はら》う力。火見と呼ばれるふしぎな力を持つ火鳥。
思えば、すぐに結び付けてしかるべきだった。

——このひとが、初音が婚約するはずの火守の次期当主だ。

翌日、魔女の助言もあって、ことりは雨羽に返されるのではなく、火守が運営するシェルターに預けられることが決まった。魔によって家族を失った子どもたちが一時的に身を寄せる場所らしい。

馨と青火は、これから火守本家がある本州の北の最果て——火見野《ひみの》という土地に車で戻るのだという。シェルターの所在地も火見野なので、ことりも途中まで同乗することになった。

魔女に別れを告げて、ことりは再び青火の運転するキャンピングカーに乗った。

昼過ぎに出て、数時間ほど高速道で北上する。

比較的広めの車内では、馨がごろりと後部スペースに寝転んで、参考書らしきものを読んでいる。タイトルは「高校物理」。カバーと中身が一致しているなら、このひとは高校生なのだろうか。

馨のように寝転がることはできず、隅に座っていることりのもとに、火見がとことこと近寄ってきた。ことりの周りをうかがうように一周してから、膝のうえにぽふっと飛び乗り、羽をたたむ。火見の羽根は一本一本が炎をまとっているようだが、熱くはなかった。ただじんわりした重みとぬくもりを感じる。

火守は火ノ神を祀《まつ》り、代々「魔祓い」の仕事を継承する家である。雨羽の家にも、魔が現れたときに火守のひとが祓いに来てくれたことがあったけど、そのときは符を用いて魔を祓っており、火鳥は連れていなかった気がする。離れの窓から遠目に見ていただけだから、絶対とは言えないけれど。

それから、ふと初音とこのひとが結婚したら、わたしはこのひとの義姉になってしまうのか、ときづいて、ふしぎな気分になった。

「なんだ、もの言いたげに」

視線にきづいたらしく、馨が参考書を下ろして、ことりを見やる。

（『義弟』……にはとても見えない……）

怪訝《けげん》そうにしている馨に、ことりは首を横に振った。

どちらにせよ、初音の結婚式にことりが参列することはないし、シェルターに着いてしまえば、馨とも金輪際関わることはないだろう。火守の若君なんて、ことりにとっては雲の上のようなひとだ。

窓の外に広がる山の端は、残照で赤く染まりはじめていた。

これから向かうシェルターのことをすこし考えたが、あまり具体的なイメージは湧かなかった。父親に命じられて贄の間に向かい、今度は魔女の取り計らいで火守が運営するシェルターに行く。わたしはいつまでこんなふうに生きていくのだろうか。川面に浮かんだ木の葉のようにただ流されて、どこかで終わりを願いながらも、終わらせる勇気もない。考えると、息が詰まりそうになって、そっと目を伏せた。

そのとき、運転席のそばに置かれていた端末に着信が入った。

『あー聞こえますか、青火さん』

青火が通話ボタンを押してスピーカーに切り替えると、ノイズまじりの男性の声が聞こえてきた。

「はいはーい、なんですか？」

『先ほどこちらに一報が入ったんですが、子どもをかどわかした魔が羽隠山《はがくれやま》付近で消息を絶ったそうで……至急現場に向かえる人間を探しています』

緊迫した内容から、ことりもつい端末のほうに目が吸い寄せられた。

『確か、おふたりは新都から火見野に戻る途中ですよね。ルートを変更して向かえないか、と雪華《せっか》さまが』

「ああ、羽隠山なら、この先のインターを降りてすぐですね」

「待て、青火」

横から馨の声が割って入った。

「俺の体力で、登山したうえ魔を捜し回れるわけがないだろう。ビル内ならともかく雪山だぞ。五分で力尽きる」

「た、確かに……」

『……先に救急車と担架を手配しておきます？』

馨の体力のなさはそれほど絶望的なのだろうか。男たちは深刻そうに押し黙った。

「で？　子どもがかどわかされてから、どれくらい時間が経《た》つんだ？」

参考書を閉じて身を起こしつつ、馨が尋ねる。

『一時間ほどです。虎のすがたの魔であったと』

「数は？」

『一体』

「ふうん……」

考え込むようにしてから、「わかった」と馨は手を伸ばして端末を切った。それを見ていた青火が苦笑してウインカーを出す。

「結局、最後はおやさしいですね」

「どうかな。がんばるのは俺じゃないしな」

「はい？」

いぶかしげな声を出す青火をよそに、馨はことりに視線を向けた。

かたずをのんでなりゆきを見守っていたものの、いきなり目が合ったので驚く。

「――呼び寄せる、とはどの程度なんだ？」

主語はなかったが、ことりは馨が何を訊《き》きたいのかすぐにわかってしまった。

「距離は？　結構離れていても、おまえが歌えば、魔は寄ってくる？」

蒼褪《あおざ》めたことりのようすを見て取り、「若」と控えめに青火が声をかけた。

「まあ聞け。俺には火見がいるから、おまえが呼んだ魔を滅ぼすことができる。ひとつ残らずすべてだ。おまえが案じるようなことは起きない」

そもそも、と馨は言った。

「問題なのは歌だろう。なぜ声まで封じる必要がある？　おまえには意思があるのだから、歌うか歌わないかは自分で決めればよい」

（……このひとは）

こともなげに言われて、ことりははじめて微かな反発を覚えた。

わかっていない。ローレライのおそろしさを。

ずきんとこめかみが痛んで、脳裏に一面の赤がよみがえる。

――つばきちゃん！

幼いことりは声の限りに叫んでいる。

――おねがいつばきちゃん、死なないで……っ！

呼びかけても、腕の中の女の子は応えてくれない。あんな想《おも》いはもう二度としたくない。

だから。

——声は封じよ。二度と歌えないように。

だから。

——ゆるしてことり、ゆるしてね……。

だから……。

「もしそれすら自分で決められないというなら」

目をそらしたいのに、夜空に似た眸《ひとみ》に囚《とら》われたまま動けない。

頭の中ではずっと、がんがん、幼い自分の悲鳴が響いている。息が苦しい。

「おまえの家族が売り払った命は、俺が買ってやる。どうせ捨てる気だったんだから、文句はないだろう？　もう何も考えなくていいから、とっとと俺のために歌え」

このひとをはじめて目にしたときのおそろしさがよみがえる。

うつくしくて、烈《はげ》しい。夜闇に散る火花のようで。

こわい、と思った。引きずり込まれそうになる。

（だめ）

あの日歌って大事な友人を傷つけた。

忘れてはいけない。夢を見てもいけない。

（でも）

たすけられる、かも、

（だめ）

（……だめ！）

何かを願ったりなんか。

「――どうなんだ？」

伸ばされた手を思わず振り払った。乾いた音が鳴って、ことりは息をのむ。

（あ）

おびえて身をすくめると、一拍置いたあと、馨はなぜか口の端を上げた。

「怒ったな？」

「それはあなたが言うことがあまりに横暴だからですよ……レディにやさしくするようお育てしたはずなのにかなしい……」

「ばかか。のんびりやってると、日が暮れて子どもは虎の腹の中だぞ。――それに人形みたいにいられるよりは、こちらのほうがずっとよい」

振り払ったときに叩《たた》いた手が、まだじんじんと熱を持っている。

頭の中で響く悲鳴は消えなくて、ことりは緩くかぶりを振った。

頭が痛い。息ができない。混乱していた。

たくさんの声が頭の中で命じる。

――ローレライの声を封じよ、と。

わたしもわたしに言っている。

——ぜんぶわたしが歌ったせいだと。

だから。

(目を伏せて)

(口を閉じて)

(この命が尽きるのを)

ただ静かに待っていればいいと、そう思って生きてきたのに。


「たすけて」


あふれた涙がいくつも頬を伝い落ちる。

虚をつかれたように目を瞠《みは》った馨に、しゃくりあげながら訴える。

「たすけて……」

その声はもちろん咽喉をふるわせることはなかったけれど——。

馨の手がことりの咽喉に触れる。急所をさらしているのに、ふしぎとこわいとは思わなかった。赤い花を描く封じ印にあてられた手には透きとおった労《いたわ》りがある。言葉はなくとも、なぜかそれが労りだとわかった。だから、こわいとはひとつも思わなかった。

直後、ちりりと燃え上がった炎が目の前を覆い尽くす。やわらかな熱の気配に包まれたと思うや、咽喉が締めつけられるように痛んだ。

「……っ!?」

視界が白く焼き切れる。

声が出せていたらきっと叫んでいた。熱い、熱い、あつい……。

一瞬、意識が飛んでいたらしい。ぜ、ぜ、と自分が立てる喘鳴《ぜんめい》で目を開けると、いつの間にか馨の胸にもたれかかっていた。

「ほら、たすけてやったぞ」

せわしなく肩を上下させることりの背を馨が軽く叩く。

ぼやけていた相手の輪郭が徐々にかたちを取り戻す。身じろぎして、ことりは口を動かした。

「……たい、です」

「ん?」

「こども……」

ずっと咽喉を使っていなかったせいで、うまくしゃべれない。嗚咽《おえつ》が止まらないせいもあるのかもしれなかった。息を何度も吸い込みながら、絡まる言葉を舌のうえにのせる。

「でも、」

鳴らす。

「歌って、だれか、きずつけるの、いや……」

馨は瞬きをした。遅れてことりの言った言葉の意味を理解したらしく、ふふっと咽喉を鳴らす。

「なんだ」

「いいか、俺に滅ぼせない魔はいない」

言っただろう？　と、馨はことりに目を合わせた。

底で星火が瞬く眸は、果てのない夜空のようだ。

「俺に出会ったおまえはツイていると」

診察室で魔女から贈られた言葉がよみがえる。

——鳥籠の外へようこそ、不憫《ふびん》なお姫さま。

わたしはこの世界でこれから何と出会うのだろう。

＊……＊……＊

吹きすさぶ凍《い》てついた風に、馨は目を眇《すが》めた。

一応、防寒具を着こんではいるが、まさか夜の雪山を歩き回るとは思っていなかったので、たいした装備ではない。馨たちがいるのは登山道を三十分ほど歩いた、まだ山の入口といえる場所だったが、すでにあたりは氷点下近いのか、手も足も感覚がない。

(さて、歌うか?)

馨は雪上に立つ少女の華奢《きゃしゃ》な背中を見つめた。

あたりにたたずむ針葉樹は雪をかぶって、射《さ》し込む月光で銀色に輝いている。雪はやんでいたが、静かだった。細い鉤爪《かぎづめ》みたいな三日月が、群青の空にぶらさがっている。

「お嬢さんをわざと焚《た》きつけたでしょう」

横に立つ青火が嘆息まじりに言った。

「お嬢さんを買うって、本気ですか?」

「そうかも」

「かもって……」

――ローレライ。魔を呼び寄せる声。

魔女から聞かされたとき、これは使えるのではないかと思った。

ことりを焚きつけて封じを解いたのは、魔にかどわかされた子どもをたすけるためでもあるが、ほんとうに魔女が言ったとおりの力がことりにあるのか確かめるためでもある。

もし「魔を呼び寄せる声」なんていうものがあるなら手に入れたい。それは今の馨にどうしても必要なものだ。

水鏡の若君が新都の一角で魔を飼っているらしい――という噂《うわさ》を火守家がつかんだのは

今から一か月ほど前のことだ。

少女たちを贄《にえ》にしているそうだが、巧妙に隠されていて、該当のビルを見つけるまでに結構時間がかかってしまった。しかも結局、魔がビル内にいるという確証を得られなかったため、次の犠牲者を出す前に、馨が少女に扮《ふん》して、青火に「売り払って」もらうことにした。なお、ドレスは絶対にいやだったので、着物にした。

「水鏡の若君は今頃大慌てだろうな。父親に泣きつきにでも行っているのか」

「父親までグルでないといいですけどねー」

青火が肩をすくめる。当主の父親まで関与しているとは思いたくないが、よその家の内情まではわからない。

「まあ、うちの仕事は魔を祓《はら》うまでだ。これ以上犠牲が出ないならよい」

「それで先方の不興を買って、若のお見合いが流れちゃっても知りませんよ」

ちくりと刺されて、「あー、雨羽の歌姫か……」と馨はつぶやいた。

「よかったです、存在自体は覚えていらしたみたいで」

「そりゃあ、あれだけ雨羽の話が出れば思い出す」

確か、青火が作ったリストのあいうえお順の「あ」で選んだ婚約者である。話を聞けば、雨羽随一の歌姫らしいので、「じゃあこの娘で」と決めると、火守の長老たちもあっさり通した。雨羽は火守のよその神祀《まつ》りの血を引く《めぐりの花嫁》であるから、そこもよかったのだろう。神祀りの家では、一族の血が濃くなりすぎないように、定期的に他家から花嫁や花婿を迎えており、これらは《めぐりの花嫁》《めぐりの花婿》と呼ばれる。

そういえば、初音とことりは年が近そうだが、姉妹か何かなのだろうか。ことりのなまえは青火のリストには入っていなかった。

「なんて言っていたんですか？」

「ん？」

「あなたが封じを解く前、お嬢さんが何か言ったように見えたから」

「ああ」

実際、馨にもことりがほんとうに何を言っていたかなんてわからない。でも、涙をいっぱいに溜《た》めた菫色《すみれいろ》の眸に見つめられたとき、ふと聴こえた気がした。

――たすけて。

まるで玻璃《はり》がふるえるような訴えで、思いがけず胸をつかれた。この娘はどれほど長いあいだ、周囲にたすけを訴えることができなかったのだろう。手を差し伸べてやる人間は近くにいなかったのだろうか。

「教えない」

「え、なんですか、そのマウント」

「あれはほんとうに歌うと思うか？」

「……どうでしょう。魔女が言うには、世にもおそろしい歌声らしいですけど……」

若干引《ひ》き攣《つ》った顔をしている青火に、「なら耳栓でもしておけ」と馨は呆《あき》れて言った。

「お身体《からだ》のほうは大丈夫ですか？」

カイロを渡しながら青火がさりげなく訊《き》いてくる。

きのうから動きっぱなしなので、正直つらい。

馨はある理由から、同年代の男子たちよりはるかに体力がない。雪山で魔を捜し回ると五分で力尽きると言ったのは、冗談ではなくほんとうのことだ。

「気を抜くと倒れそうなくらいねむい……」

「えっ、魔を祓ってからにしてくださいね!?　お願いしますよ!?」

「はいはい……」

雪上に立ったことりは、胸の前で軽く手を組み合わせ、息を整えた。

やがて、歌がはじまる。

馨は魔障《ましょう》を治療するときの魔女の歌声なら聞いたことがあるけど、それとはまるでちがう。まず《祝い》と呼ばれる特殊な歌詞がついていなかったし、おぼつかない旋律はときどき途切れ、消えそうになったり、また大きくなったりを繰り返す。明らかに歌い慣れていない。考えてみればあたりまえで、この少女は相当長いあいだ、声を出すことも、歌ったこともなかったのだ。いきなり歌えというほうが酷だったのかもしれない。

「大丈夫でしょうか……？」

青火が心配そうに訊いてくる。

「だめだったら、おまえが一晩雪山を歩いて魔を捜すんだな」

「そんな……。うう、でもしかたないのか……」

話をしているさなか、ふと視界端に舞う雪花の幻影を見た。

背筋に微細な電流が走った気がして、馨はぱっと顔を上げる。

細い歌声がはじめてはっきり耳に飛び込んできた。

どこか切ない調べだった。雪上に一羽《わ》だけ取り残されてしまった鳥がつがいを呼ぶような、切々とした歌声が月影でひっそり響いている。今にも風音にまぎれてしまいそうなのに、目がそらせない。きれいだけど、かなしい。そして、さみしい。

——さみしい、と思ったことに馨はびっくりした。

あまりかなしいとかさみしいとか、普段思わない性格なので。

きづくと、ことりの周りで、ちか、ちか、と銀のひかりが跳ねていた。

馨の首にくっついて襟巻代わりになっていた火見が、何かの気配を察知したのか、頭を持ち上げる。火見の視線の先を追って、馨は目を眇めた。

白い地平に揺らめく魔が見えた。

「ほんとうに来た……」

つぶやき、口の端を上げる。

「……俺もツイてる」

「何か言いましたか、若？」

「いや。あいうえお順の『あ』行で選んだ俺の婚約者がいただろう？　雨羽の」

「初音さまのことですか？」

「あれはやめた」

「はい？」

いぶかしげな顔をする青火から目を離し、「火見」と馨は肩で休んでいた火鳥《かちょう》に声をかけた。

馨の意を酌《く》んだ火鳥が羽を広げて、夜空に飛び立つ。

火見の飛びかたは、ひとふりの刀が振られるさまに似ている。彗星《すいせい》のように長い尾をひるがえして接近し、一閃《いっせん》すると、通常の虎の二倍ほどはある身体がぱっと燃え上がる。炎《ほのお》に包まれた身体は一瞬で無数の灰に転じた。

「青火、子ども」

「あ、はい！」

馨が促すと、青火があわてて雪のうえに転がった子どもを回収にいく。時間があまり経《た》っていなかったおかげで、魔に喰《く》われずに済んだようだ。

馨のほうは、肩で荒く息をしている少女のもとへ向かった。十分以上歌い続けていたのだから、息が切れて当然だ。「お疲れさま」と常温の水が入った水筒を差し出すと、菫色の眸を瞬かせてから、おずおず口をつけた。

「……でした、か」

「ん？」

「ふかい、ではありませんでしたか」

ふかい、が、不快という意味だときづくのに数秒を要した。歌声のことを言ったのだろうか。

「まるで？　きれいだったけど」

素直に返すと、ことりはぽかんと馨を見つめ返してきた。あまり信じていなそうな顔だった。

「きれいだった。おまえはなんだか切々と歌うんだな」

「……そう、ですか」

馨が賛辞を口にするのはめずらしいのに、淡白な返事が戻ってきて顔をしかめる。それから、水筒を握りしめる少女に目を向け、そっと息をのんだ。

白い頰にひとすじの涙が伝っている。彼女はきづいているのだろうか。きづいていないのかもしれない。それは、細い月のひかりを受けてきらめき、雪上へと一粒吸い込まれていった。

二　火守の若君

ごくふつうの、しあわせな家のひとつだったと思う。

ことりがローレライの力を発現させる前の雨羽《あまね》の家のことだ。

《歌の君》と呼ばれる郷でいちばんの歌姫を妻に迎えた父親は、ことりと初音《はつね》の誕生を誰よりも喜んでくれたというし、将来立派な歌姫になれるようにと、神祀りの家のこと、歌のこと、言葉遣いやたちふるまいに至るまで師を招いて学ばせた。

あの頃は、初音と手をつないで毎日歌っていた。

郷の歌姫たちはことりの歌を聴き、この子は将来、母親と同じ歌の君になるにちがいないと讃《たた》えた。父と母はおおいに喜び、初音だけがほんのすこし不満そうにしていた。

歌の君になれるかはともかく、物心ついた頃からことりは歌が大好きだった。初音に比べて人見知りをすることりにとって、歌は自分の気持ちを臆せずのせられる言葉のようなものだったから。

でもそれも、十一年前にことりが魔を呼び寄せたときにすべてが変わってしまった。母はショックのあまり臥《ふ》せり、父は九十年ぶりにローレライが現れたことにおびえ、主家である水鏡《みかがみ》の当主に命じられるまま、ことりの声を封じ、離れに閉じ込めた。

もう大好きな歌は歌えない。初音と手をつなぐこともできない。

けれど、どれもあきらめなければいけない。わたしはローレライなのだから。

自分に言い聞かせるようにして過ごしていたある夜、微《かす》かな物音にきづいて目を開けると、寝台のうえで寝ていたことりの首に母の蒼白《あおじろ》い両手が回っていた。

はじめ、ことりは何が起きたのかわからなかった。かあさまがわたしに会いに来てくれたのかと安堵《あんど》さえした。

「――っ⁉」

でも、すぐに咽喉を絞め上げられる苦しさで現実に引き戻される。ことりは抵抗した。四肢をばたつかせ、首に回された母の手を引き剝がそうとする。だが、大人の力には到底敵《かな》わない。

くるしい。こわい。かあさま。誰か、たすけて。

あふれた涙が幾筋も頬を伝う。でも、たすけを呼ぶこともできない。ことりの声は呪術師によって封じられている。

――ゆるしてことり、ゆるしてね……。

囁《ささや》く母の声が徐々に遠のき、混濁していく意識のふちで考えた。

かあさまは、なかったことにしてしまいたくなったのだろうか。わたしを産んだこと。

ローレライになる前、こわい夢を見て泣くことりを、わらって抱き寄せてくれた母の両腕を思い出す。あのとき歌ってくれたやさしい子守唄も。

(ぜんぶ、なかったことにしてしまいたくなったの?)

それなら、どうしてわたしは生まれてきたのだろう。

どうして。何のために。なぜローレライなんか生まれてくるんだろう。

ことりにはわからなかった。今もずっとわからない。

わからないまま、迷子みたいな気持ちで、ただ息をしている。


ふわりとそよ風に額を撫《な》でられた気がして、ことりは睫毛《まつげ》をふるわせた。

カーテンの隙間から朝陽《あさひ》が射《さ》し込んでいる。窓に鉄格子がはまっていないことにわずかな違和感を覚えたが、意識がはっきりしてくるにつれ、ここがいつもいた雨羽の離れではないことにきづいた。

身を起こそうとすると、おなかのうえにもふっとした塊が乗る。彗星のように長い尾羽に、炎をまとった火鳥だ。

目をぱちくりさせてから、「火見《ひみ》さま」とつぶやく。ことりが身じろぎすると、火見は枕に下りたが、ほら撫でよ、というように羽毛がたっぷりの胸をそびやかした。

「よろしい、のですか……?」

　おそらく神に属する存在に触れるなんて、畏れ多い気もしたが、火見が胸をそらしたまま動かないので、そろそろと撫でる。火見の羽は炎をまとっているものの、熱くはなく、ビロードのような撫で心地だ。

「ことりさん、おはようございます｜。起きていらっしゃいますか？」

　襖《ふすま》の向こうから青火《せいか》の控えめな声がした。いつものようにうなずこうとしてから、それでは伝わらないと口をひらく。

「――……」

　はい、と答えるだけのことにひどく緊張した。

　ほんとうにちいさく、息を吐き出すように、はい、と答えると、かろうじて伝わったらしく、「朝食を用意してあるので、身支度ができたら下りてきてくださいね」とやさしく言われた。はい、ともう一度うなずくと、襖の向こうの気配が離れた。

　意識せずに張っていた肩の力を抜く。ちかづいた火見がふしぎそうにことりを見上げている。

「火見さまも、おはよう、ございます」

　ひと相手ではないと、すこしだけ滑らかに言葉を口にすることができた。

　昨晩の雪山での一件のあと、ことりたちは救出された子どもが暮らしていた児童養護施設で一晩を過ごした。子どもに怪我《けが》はないようだったが、念のため、魔障《ましょう》外来がある病院へと搬送された。

無事保護したことを施設長に伝えに行くと、横からほかの子どもたちが次々飛び出してきて、「よかったあ」と泣きだした。くっつきあって家族の無事を喜ぶ彼らを見ていると、歌ってよかった、とことりもわずかに思えた。そんなことを思ったのは、ローレライになってからはじめてのことだった。

借りもののパジャマを脱いで、こちらも魔女に借りたままになっているワンピースに着替える。部屋の隅に置かれた姿見に何気なく目を向ける。生気に乏しい少女がきのうと変わらない顔でぼんやり見返してくる。ただ、咽喉にあった禍々《まがまが》しい赤の封印は消えていた。

目を細めて、指で咽喉をなぞる。痛みはなかった。

(ほんとうに術を解いてしまったんだ……)

昨晩のことはどこか夢のようで、まだ実感が湧かない。

「ひもり、かおる、さま」

覚えたばかりのなまえを口にする。自分の声のはずなのに、どこか他人のもののように感じてしまう。しばらく触れていた咽喉から手を離すと、ことりは立ち上がった。

一階に下りると、すでに朝食ははじまっていた。長テーブルに子どもたち十数人が集まって、トーストと目玉焼きとヨーグルトを食べている。ことりが顔をのぞかせると、「きのうの歌姫さまだ！」と子どものひとりが目を輝かせた。

「あのおねえさん、だあれ？」

「サキをたすけてくれたんだよ。すごい歌姫さまなの！」

ことりは魔を呼んだだけだが、子どもたちのあいだでは「すごい歌姫さま」という話になっているらしい。

「おねえさんが歌を歌うと、魔が燃え上がったんだよ」

「……祓《はら》ったのは俺だが」

「そうそう！　おねえさんが魔を退治してくれたんだよ！」

「それも俺だが」

テーブルの端でいちいち馨《かおる》がつぶやいたが、子どもたちが聞いているようすはない。所在なくたたずむことりの手をいちばん年少らしい女の子が引っ張った。

「歌姫のおねえさん、わたしにも歌ってー！」

女の子はきらきらと期待を込めた目でことりを見上げている。応えてあげたかったけれど、うかつに魔を呼び寄せるわけにはいかない。

「あの……今は歌えなくて……」

ぽそぽそと消え入りそうな声で口にすると、「じゃあ、いつかね！」と女の子はことりの手をきゅっと握りしめてきた。

「……声ちっさくないか？」

子どもたちの登校を見送ったあと、青火が淹《い》れてくれたカフェオレに息を吹きかけていると、斜め向かいに座った馨がいぶかしげに尋ねた。

「まだどこか痛むのか？」

いえ、とことりは首を振る。

解呪されるときは痛みがあったが、そのあとは今までが嘘《うそ》のように問題なく使えている。うつつのものは焼けない、と馨が言っていたとおり、封印だけがきれいに消えていた。

「問題は、ないです」

それでも、つい声がちいさくなってしまうのは、たぶんことりの気持ちのほうが臆しているせいだ。ひとと話すこと自体に慣れていないし、聞いていて不快な声なんじゃないかと不安になる。

「問題ないなら、まあいいけど」

釈然としないふうではあったが、馨はひとまずうなずいた。

「じゃあ、きのうの話の続きをするか。歌姫どの」

「続き……ですか？」

きのうはいろんなことがめまぐるしく起こったので、すぐにどれだか思い出せない。ことりの反応が鈍いからか、馨は顔をしかめた。

「おまえの命は俺が買うって言っただろう」

あたりまえのように言われて、ことりは瞬きをする。確かに解呪をする前に馨はそんなことを言っていたが、言葉の綾《あや》みたいなものだと思っていた。

「本気で……仰《おっしゃ》られて、いたのですか？」

「そんな冗談を誰が言うんだ」

馨は呆《あき》れたふうに首をすくめた。

「贄《にえ》の間《ま》の件は、水鏡の若君が所有するビルに偶然魔が入り込んでいたようなので、火守《ひもり》が祓った――ということになっている。うちは犠牲者が出なければそれでよいし、贄の間について水鏡を深く追及しても面倒なだけだしな」

頬杖《ほおづえ》をつき、馨がすらすらと裏の事情を説明する。

「だから、昨晩青火から水鏡の当主に、貴家の子息が所有するビルに魔がいたので偶然居合わせた火守馨が祓っておきましたと伝えた。よその家が所有する建物内で知らなかったとはいいえ魔祓《まばら》いをしたんだから、報告をするのが筋だろう？」

馨ははじめから魔祓いをするために贄の間にいたようなので、事実とは異なるが、表向きはそれで通すということなのだろう。連絡を受けた水鏡の当主が蒼白《そうはく》になるすがたが浮かんだ。家中の人間がどこまで関わっていたかは定かではないが、神祀《まつ》りの家の者がひそかに魔を飼っていたなど、とんでもない醜聞だ。表沙汰になれば、神祀りの家としての水鏡の名声は地に落ちる。

「そのときついでに、初音との婚約に代えておまえのほうを寄越せないかと頼んだ。頼んだだけだ。べつにほかには何も言っていない。でも、水鏡の当主は血相を変えてすぐに雨羽の家との調整をつけてきた」

「雨羽の家と……」

「婚約者どの。初音の代わりにうちに来い」

ことりはぽかんとして馨を見返した。それこそ冗談かと思ったけれど、馨のほうはすこしも笑う気配すらない。

馨との婚約に胸を弾ませていた初音のすがたを思い出す。もとをたどれば、初音と馨の結婚に向けた準備金のためにことりは贄の間に売られることになったのだが、どういうわけか、初音の婚約相手の男の子にたすけられて今ここにいる。

「あの……おうかがいしてもよろしいでしょうか？」

「どうぞ」

口をひらこうとして、けふんと咳《せき》をする。まだ咽喉が使い慣れていない。

「馨さまは、なぜわたしのようなものを望まれるのでしょうか……？」

「うーん。火守の事情は知っているか？」

反対に尋ね返される。すこし考え、ことりは首を横に振った。

雨羽の離れで十年以上生きていたことりは、外の事情に詳しくない。主家の水鏡すら知らないことが多いのに、よその神祀りの家のことなど何も知らないに等しかった。

「そこからか……」と馨は嘆息する。

キッチンを借りて洗い物をしていた青火が「カフェオレのお代わりはいりますか？」と苦笑まじりに訊《き》いてきた。

「いる」と空にしたマグカップを馨が置く。ことりはどうしたらよいかわからなかったが、青火は持ってきたポットから先にことりのぶんを注いでくれた。ほろ苦い香りを帯びた湯気が立ちのぼる。

「今から四年前のことだ。当時、火守の家では前の当主が急死して、急遽《きゅうきょ》当主の代替えがあった」

「はい」

ことりは真剣な顔でうなずいた。

「……その反応で、おまえが何も知らないことがよくわかった」

「え？　すみません……」

馨が次期当主に名指されていることは初音から聞いていた。

（でも……四年前にも一度代替わりをしたのに？）

家のことに詳しくないことりでも、ずいぶん期間が短い、と思う。馨の言う「事情」にそれは関わっているのだろうか。

「通常、当主の代替えの際は、継承者に火ノ神から火が分け与えられる儀式がある。四年前もそうだった。ただ、そこで変事が起きて——」

馨は一度言葉を切った。伏せがちの眸《ひとみ》に薄暗いものがよぎる。

「儀式は失敗。次の当主になるはずだったやつは燃え上がり、魔に転じて行方をくらました。そのとき火分けの火も消えて、以来、当主継承をやり直すこともできず、四年間、火守の当主は不在になっている。神祀りの家々の歴史を紐解《ひもと》いても、前代未聞の事態だ。ちなみにこのことは神祀りの家の人間なら誰でも知ってる」

もちろんことりは知らなかったが、隠されている情報ではないということだ。

「そして、事件が起きて半年が経《た》った頃、火守の長老たちがひとまず次の当主候補を名指した。ひとりは火守の一ノ家の雪華《せつか》。もうひとりが俺」

「若は八つある火守の家のうちのひとつに生まれたんですが、十三歳のときに《依《よ》り主《ぬし》》っていう一族でも稀《まれ》なる力を宿したんです。だから、名指されたんじゃないかと」

「よりぬし……」

ことりの声に反応したのか、テーブルのうえで馨に咽喉を撫《な》でられていた火鳥《かちょう》が羽をふるわせた。

「火見さまは、火ノ神の分身であるといわれています。火見さまが降りて常に馨さまのそばにいることが依り主のあかしですね。依り主は火守だけじゃなく、神祀りの血筋ならどの家にもときどき現れるものですが、今の水鏡には確かいなかったはず……」

「神さまがひとの身体《からだ》に降りる、ということでしょうか？」

「そうです」

言われてみれば、歌姫教育を受けていた子どもの頃に一度聞いたかもしれない。神祀りの家に時折生まれる神の恩寵《おんちょう》がひときわ深い人間たち。彼らは依り主と呼ばれ、かつては現人神《あらひとがみ》のように崇《あが》められていた時代もあったのだと。馨がそれなのか。

「火守の人間は、火術を用いて魔を祓いますが、若の場合は火見さまを常に降ろしているので、術を使わずとも魔を祓えます。神に祓えない魔はいないので、理屈のうえでは若にも祓えない魔はいない――ゆえの稀なる力ってやつですね」

「ふふん、敬え、敬え」

馨はどやーとした顔で言った。

「そこで黙っていられないから、ちょっとざんねんなんですよね……」

「失礼なやつだな。俺のどこがざんねんなんだ」

軽く青火を蹴って、馨はカフェオレに口をつけた。

「候補はふたり。そして当主となるための条件は、『消えた魔を祓うこと』。なぜなら、やつを祓えば、消えた火分けの火も戻ると風薙《かざなぎ》の巫女《みこ》によって預言されているからだ」

はじめ突拍子もなかった話のゆくえがことりにもようやくすこし見えてきた。なぜ、馨がことりに目をつけたのかも。

「おまえの歌声は魔を呼ぶのだろう？　『彼女』を呼んでほしい」

「呼んで……」

思わず口をひらいてしまってから、途中で閉じる。吐息のようなちいさな声で続けた。

「魔を呼んで、どうされるのですか？」

「祓う」

馨の答えは明快だった。

夜空を思わせる眸の底では、星火が瞬いている。はじめて馨を目にしたときのことを思い出す。こわいくらいにうつくしいと思った。そう感じたのは、彼が冷酷なひとだからだろうか。

馨の話では、馨が祓おうとしているのは、もとはひとだった魔だ。そう簡単に祓うと言い切れるものなのだろうか。……よくわからない。でも、馨はことりをたすけてくれた。そこには馨なりの思惑があったからかもしれないけれど――やっぱりよくわからなかった。

しばらく見つめ合っていたが、馨はやがて飽きたふうに視線を解いて、窓の外に目をやった。

「……大地を永劫《えいごう》さまようのはつらかろう」

ぽつっとこぼされたその言葉は、誰に向けたものでもないひとりごとのようだったが、ふしぎと血の通った温度があった。

「もしうなずくなら、今後のおまえの生活は俺が保証してやろう。婚約者として丁重に扱うし、雨羽の家にも帰らなくてよい。魔を呼び寄せるまでは俺のそばにいてくれないと困るけど、そのあとはいやなら婚約は解消して、おまえの望みに沿った場所をできるだけ用意する。どうせ、十八歳になるまでは結婚もできないし、周りへの説明はまあどうにでもなるだろ」

考えうる限りの条件を提示されているとは思う。裏を返せば、それくらい馨にとっては切迫した事情なのだ。

「──で、どうなんだ？　来る気になったか」

一瞬、脳裏をよぎったのは初音や父親のことだった。ことりが贄の間で死なずに生きのびたどころか、馨の婚約者におさまったら、彼らは怒りだすだろうか。あるいはローレライを厄介払いできたことのほうにほっとするのだろうか。どちらにしても、雨羽の家族がことりが生きていても喜びはしないことだけはわかる。ことりにはもう帰る家がない。

ことりは伏せていた目を上げた。

「……馨さまが望まれるなら」

「あのー、ことりさん、わたしが言うのもナンですが、もうすこし考えてから返事をしたほうがよいですよ。そうじゃないと、このひとにかすかすになるまで搾り取られますよ。わたしのように」

「おまえはどっちの味方なんだ」

「ことりさん寄りの若です。いちおう立場上」

青火は複雑そうな面持ちで息をついた。

それにしても、と馨は苦笑する。

「『望まれるなら』ねえ。いいのかおまえ、それで?」

「ほかに行く場所もありません、から……」

いまひとつ苦笑の意味を理解できないままうなずく。

もともと、贄の間で死ぬはずだった命だ。それを馨がたすけてくれた。術を解いて、声を返してくれた。加えて、帰る家のないことりに衣食住まで保証してくれるという。ことりには何もないから、馨に望むことがあるなら、できるだけこたえられたらと思う。すこしは何かを返せるかもしれない。雪山で、ことりの歌が子どもを救うたすけになったように。もし誰かの役に立てるなら。わずかでも必要としてもらえるなら。

考えたそばから、だいそれた願いを抱いた気がして、不安になってくる。

きっと叶《かな》わない。でも、もし叶うのなら。

――生まれなければよかった以外の言葉をわたしは見つけられる日が来るのだろうか。

車窓を流れる景色を目で追っていると、窓に雪片がつきはじめた。

雪が降りだしたようだ。遠くの山並みは白く染まっている。

昼前に施設を出て、車は一時間ほど高速道を北上した。最初のうちは後部スペースで参考書をめくっていた馨だったが、途中でうとうとしはじめ、今は火見を湯たんぽにして寝息を立てている。ことりは座席から静かに窓の外を眺めていた。

「咽喉、おつらくないですか？」

ハンドルを握る青火が飴《あめ》の入った缶を差し出してくる。水色の丸缶には、「魔女印のよく効くのど飴」と書いてあった。

「昨晩、寒空の下でずっと歌い通しでしたし、無理されていたんじゃないかなって」

首を横に振ろうとしてから、運転席にいる青火には伝わらないだろうときづき、「平気……です」と答えた。缶の蓋をひらいて、琥珀色《こはくいろ》の飴を取り出す。口に入れると、薬草の爽やかな香りがふわりと広がった。

「魔女印だから効きますよ。あのひと性格はわるいのに、作るものはいいんですよねえ」

馨にくっついていた火見がとことこと近寄ってきて、ことりの袖を嘴《くちばし》で引いた。こちらを見つめるつぶらな翠《みどり》の目がどうにも物欲しげに見えて、ことりは戸惑う。鳥に飴をあげてもいいものなのだろうか。でも、火見さまは神さまだからかまわないのかもしれない。どうぞ、とおそるおそるお供えすると、火見はぱくっと飴をまるのみした。

(まるのみ……)

すこし驚いたあと、また飴をお供えしてみる。ぱくっ。火見は飴のお供えをお気に召したようだ。炎をまとった羽毛が心なしかふくふくして見える。

「馨さまから急にいろいろ言われて困惑されてます?」

青火に苦笑まじりに訊かれて、ことりは飴の缶を膝に置いた。

「困惑というより……」

視線をさまよわせて言葉を探した。

「現実感がない、のかもしれません」

「あはは、そうですよねー。わたしたち、おととい出会ったばかりですもんね。それで婚約者なんて言われても」

この二日だけでも、ことりの十一年間を覆すような出来事がいくつも起きた。馨と出会わなければ、声の封じを解く以前に、ことりは今頃大蛇の腹の中だっただろう。

「馨さまは勘が鋭いし、自分でもそれを信じているから、あまり迷わないんですよね。それをいうなら、お嬢さんもですけど」

ことりがさして迷わず馨の申し出を受けたことを言ったらしい。

「わたしには、迷うようなものがありませんから……」

帰る場所がない。行く場所もない。大事なひともいない。何もないから、比べたり、迷ったりするものもきっとないのだ。

もしここにいるのがつばきちゃんだったら、とことりは考えた。あの明るく勇気にあふれた友人だったら、もっと違う答えを出しただろうか。想像してから、すぐに首を振る。

つばきちゃんならきっと、とうさまの言いなりにはならないし、もし贄の間に送られても、現れた大蛇に正面から立ち向かう。

（わたしとはなにもかもちがう……）

ことりは車窓から運転席に目を戻した。

「火見野《ひみの》は……あとどれくらいで着くのですか？」

火守家は本州の北の最果ての火見野という土地に屋敷《やしき》を構えている。この車の目的地も火見野だ。

「もうすぐですよ。遠目に火見山《ひみやま》が見えてきたから」

青火が示したのは、前方の山々の中でもひときわ険しい峰がそそり立つ山だった。雪曇りの空に向け、剣の切っ先のようにそびえている。

「着く前に火守のおうちのことをすこしだけ説明しておきますね」

「はい」

「もちろん、覚えるのはおいおいでかまいませんから」

　言い置きつつ、青火は口をひらいた。

「これから向かう本家のお屋敷には今、一ノ家のご出身で、次期当主候補の雪華さまが住んでいます。四年前に急死したのが雪華さまのお父さまなので、先代のひとり娘というお立場でもあります。馨さまが住んでいるのは本家の離れのほうなので、普段はあまり雪華さまと顔を合わせる機会はありませんが、いちおう覚えておいてください。ちなみに雪華さまのそばつきは雷《らい》ってやつなんですけど」

　一貫して丁寧な青火の口調が若干雑になった。

「こいつはクソガキなので無視してください。大丈夫です。ただのクソガキなので」

「は、はい……」

　クソガキ以外の説明がないので、いったいどんなひとなのか、判然としない。戸惑いつつ、ひとまずことりはうなずいた。

「それと、若とも話したのですが、ローレライのことは火守のほかの人間には伏せておきましょう。火守の中には無駄に保守的な人間もいますし、雪華さまやその周りの人間が馨さまの思惑にきづくと面倒ですから」

　馨と雪華は、前の火守の継承者が転じた魔を祓《はら》えたら、という条件を持つ当主候補同士だ。馨がローレライであることりを連れて帰ると、思惑にきづいた雪華が妨害してくるかもしれない、と馨たちは考えているようだ。

「ことりさんはあくまでも、若が婚約予定だった妹さんよりもお姉さんのほうを気に入ったため、婚約相手を替えてもらって連れ帰った、ということにします。家の者には事情をぼかして説明しておきますが、雪華さまたち中枢の人間には、贄の間で若とことりさんが出会ったことや、ことりさんがご家族に売られたせいでそこにいた——くらいは話しておくことになるかと。かまいませんか？」

「そうしたほうがよいなら……」

「なぜ売られたのかという点はローレライ以外の理由を考えておきましょう。……まあ、若が気まぐれにひとを連れて帰るのはときどきあることなので、長老たちもスルーするんじゃないかな……。いやみはたっぷり言われるんでしょうけど」

　肩をすくめて、青火は嘆息した。

「もうすぐインターを降ります。馨さまを起こしてくださいますか？」

「はい」

　ことりは後部スペースに寝転がっている馨のそばにかがむと、控えめに肩を揺すった。だが、しばらく待ってみてもいっこうに起きない。

「ことりさん。やさしく揺らしてもそのひと起きないので、殴るか蹴るかくらいしたほうがいいです」

「殴る」

青火と眠る馨を見比べ、ことりはためらった。おそるおそる肩の端を、ぽす、と叩《たた》く。

「…………」

ことりとしては渾身《こんしん》の一撃だったが、やっぱり起きなかった。しかたなくことりは馨の耳元に顔をちかづける。馨さま、と囁《ささや》くと、「うわっ!?」と大仰に肩が跳ね上がった。

「いきなりなんだ……」

「若が爆睡しているので、ことりさんが起こしてくれたんですよ」

「なら、ふつうに揺すればいいだろう」

「それでも起きなかったんですよ」

もぞもぞと身を起こしつつ、「おまえな」と馨はことりに半眼を寄越した。

「問題ないならふつうに声を出せ。急に息を吹きかけるな。びっくりするだろうが」

「ふつうに……」

ことりは手元に目を落とした。

「不快……ではありませんか」

ローレライの声はみにくいものだといわれている。いやな気分になられたらどうしようと不安になる。

馨は呆《あき》れたような顔をした。

「なんでそうなる。ぽそぽそしゃべられているほうが俺は面倒くさい」

「面倒くさい……」

「――今の若の言葉を意訳すると、誰もそんなことは気にしないから、安心してしゃべって大丈夫だよ、君の声はとてもきれいだしってところです」

「勝手に意訳をはじめるな。あと盛りすぎだ」

「言外から酌《く》み取《と》りました！」

馨はもの言いたげにしたが、結局息をついてことりに向き直った。

「とにかく、いやじゃないならふつうに話せ。あとおまえの声にどこも不快なところはない。以上だ」

「……はい」

ことりはぎこちなく顎を引く。

積もりたての新雪のような気持ちが静かに胸に広がった。でも、言葉にすると消えてしまいそうで、何も言えないまま口を引き結ぶ。

「そういえば若、屋敷に戻る前にお社へ寄られますか？」

ハンドルを切りつつ、青火が尋ねる。

「そうする。火見を一度炎に戻さないといけないし」

（お社……）

青火と馨の会話に反応して、ことりは目を上げた。

雨羽にも、領内の湖のほとりに神祀《まつ》りの社があった。神祀りの家なら、どこも大なり小なり神を祀る社を持っている。それらは四季折々の神事の場ともなる大切な場所だ。

「火守の社は火見山の山中にあって、昔から火見野に来た人間は、はじめに社で火ノ神への挨拶を済ませる。もしそいつに悪心があるときは、火ノ神が焼くと言われている」

ことりは馨のそばでくつろいでいるふうの火見を見た。そんなおそろしい神さまにはとても見えなかったが、穏やかなすがたとあらぶるすがたの両方を持つのが神であるともいう。

「ついでだから、おまえも来い。――火ノ神に焼かれないといいな？」

継承の儀式の話を聞いたあとなので、ことりは蒼褪《あおざ》めた。

「ことりさん、大丈夫ですよ。ただの言い伝えですから。わたしも焼かれてないです」

「すぐに種明かししやがって……」

「その話、よそから来た人間には洒落《しゃれ》にならないんですよ……」

車を停め、青火はキャンピングカーのドアをひらいた。

ことりもカーキのダウンコートを羽織って外に出る。青火のものを貸してもらったため、袖を折ってもことりには大きく感じられたが、ワンピース一枚で山を登るよりはいい。

雪まじりの風がびゅうと吹きつける。風に舞い上がった髪を押さえ、巨大な鳥居が立つ社を仰いだ。火見山は一般人の立ち入りを禁じているという。まだ昼過ぎにもかかわらず、鬱蒼《うっそう》と針葉樹が茂った森は暗く、ひとを寄せつけない雰囲気がある。

巨大な鳥居の先には長い階段が延びていた。

どれぐらいあるのだろう。終わりが見えない。

馨の腕に留まった火見が、きらきらと彗星《すいせい》のように尾を引いて炎を燃え上がらせる。灯《あか》りの代わりになってくれるようだ。

「ほら、行くぞ」

歩きだした馨のあとについて、ことりは鳥居をくぐった。階段は石造りの古いもので、一度雪を掃いた跡がある。

「そういえば、きのう雪山でおまえが歌ったときだけど」

馨が思い出したふうに口をひらいた。

「《祝い》というんだったか、歌姫が使う独特の歌詞がついていなかったな」

「……あれは歌姫だけが使うことをゆるされるものですので……」

馨の言う、特殊な言の葉で編まれた歌詞を持つ歌は《歌姫の歌》と呼ばれ、歌姫たちはこの歌を歌うことで龍神から一時的に力を借り受け、魔障《ましょう》を癒《いや》す。歌姫の歌は季節の移ろいを愛《め》でる龍神のために、歴代の歌姫たちがつくってきたため、雨羽には数千に及ぶ歌譜が残されていた。ふつうは一定の修練を積むと、歌譜がしまってある書庫に入ることができるようになる。そうして歌姫の歌を覚えるのだ。

ことりは離れでずっと古い歌譜の書き写しの仕事をしていたので、歌譜自体は目にしていたけれど、無論歌ったことはない。魔を呼び寄せるローレライが龍神の力を借り受けるなど考えられない話だ。

「おまえだって歌姫だろう」

馨はふしぎそうな顔をした。よその家の馨にはいまひとつ区別がつかないのかもしれない。

「ちがいます」

ことりはめずらしくはっきり口にした。

「……まったくちがう……ものです」

「ふうん？」

あまり腑《ふ》に落ちていないようすだったが、馨はそれ以上は何も言わなかった。

俯《うつむ》きがちに歩いていると、視界端でひゅるりと青い尾がひるがえった。階段の両端に連なる火の入っていない石灯籠に隠れるように、深海魚に似た半透明の魚が泳ぐすがたが見えて、ことりは瞬きをする。思わず足を止めてしまったからか、「ああ、おまえも見えるんだったな」と馨が言った。

「拝殿までの参道は異界と接しているから、神でも魔でもない、《あわいのもの》がよく通る。外だと、あやかしとか妖怪とかいわれるたぐいか。一般人だと勘がいい人間以外は見えないけど、神祀りの血を引く者なら、だいたい見える。これまで見たことは？」

「別のものなら。わたしが住んでいたところにも、ときどきやってきましたので……」

雨羽の離れにはひとがちかづかない代わりに、夕暮れどきになると、こうしたひとならざる客人たちが時折現れた。彼らは悪戯《いたずら》好きで、ことりが歌譜を書き写しているそばで、歌を口ずさんだり、インクを舐《な》めたり、好き勝手していた。

「ふうん？　なら、おまえはやつらに好かれるたちなのかもしれないな」

「そう、なのでしょうか？」

「一定数そういう人間はいる。俺には火見がいるから、やつらはおびえてちかづいてこないけど。害はないが、誘惑して道に迷わせたりするから、目を合わせるなよ」

「はい」

言われたとおり、周囲を泳ぐ半透明の魚たちにはなるべく視線を向けないようにする。

りーん……とどこからか、鈴の音が聞こえた。森の奥からだろうか。りーん、りーんと大きくなったり小さくなったりする鈴の音に耳を澄ませていると、目の前を深海魚の青く透けた身体《からだ》が過ぎ去った。見ない、見ない、と馨が言っていた言葉を思い出して、ぎゅっと目を瞑《つむ》る。

――かあさま……。

すぐそばで幼い自分の声が聞こえた気がして、ことりははっと目をひらいた。

——かあさま、いや……。

きづけば、ことりの身体はつめたい寝台のうえに投げ出されていた。ことりの首には母の蒼白《あおじろ》い両手が回っている。じたばたと四肢をばたつかせるが、首を絞め上げる手の力は緩まない。

くるしい。こわい。かあさま。誰か、たすけて。

あふれた涙が幾筋も頬を伝う。

——ゆるしてことり、ゆるしてね……。

ことりの首を絞める母もなぜか泣いているようだった。頬にぽたぽたと落ちる母の涙にきづき、どうしてかあさまも泣いているのだろうと意識の端でふしぎに思った。どうしてかあさまも苦しそうなのだろう。

(わたしのせい……?)

やがて抗《あらが》っていたことりの手から力が抜ける。直後、唐突に母が手をほどいた。

——……無理よ、できない……。

(かあさま?)

憔悴した表情でことりを見返した母は、ふるえながら伸ばそうとしたことりの手を振り払うと、離れから逃げるように出ていった。

ぜ、ぜ、と息を喘《あえ》がせ、ことりは呆然《ぼうぜん》と母が消えた夜闇を見つめる。

その日は新月で、夜はとてもとても暗かった。

(かあさま、待って。いかないで)

声の限りに母を呼んだが、呪術師に声を封じられた咽喉はちらともふるえない。

(おねがい、ひとりにしないで……)

振り払われた手が痛い。

こめかみがじんとうずいて、嗚咽《おえつ》が込み上げてくる。

(かあさま……)

——泣きだしそうになって伸ばした手を横からぐいとつかまれる。

火の粉が舞い上がり、雨羽の離れの情景がぱっと霧散した。目の前にいた半透明の魚が逃げるように石灯籠の陰に消える。

「おまえなあ……」と馨は苦虫を嚙《か》みつぶしたような顔をした。

「あれに目を合わせるなと言ったそばから、目を合わせてふらふらついていきそうになっているのはなんだ。俺へのいやがらせか？」

「……いやがらせは、してないです」

「ほーう？　ならどういうつもりなのか、簡潔明瞭に説明してから馨さまごめんなさいって言え」

やり直さなければいけないのだろうかとことりがびくびくしていると、馨は息をついた。心臓がまだいやな音を立てている。あわいのものだという半透明の魚は、昔の記憶を呼び起こすのだろうか。思えば、あれが母のすがたを見た最後だった。あのあと母は自室で首を吊《つ》って死んだと聞いている。ごめんなさい、という一言だけを書き遺《のこ》して。

「ほら」

振り返った馨が手を差し出してくる。

まだぼんやりしたまま、火見の炎で淡く照らされた手を見返す。

まぶしい。ことりは惹《ひ》かれるように手を伸ばした。

そっと重ねると、軽く握り返される。あ、と思い、ことりは瞬きをした。

「なんだ」

馨はひとのことなど気にしそうもないのに、案外ことりの些細《ささい》な仕草によくきづく。

「思ったより冷たかった、ので」

「末端冷え性なんだ。わるいか」

「わるくはないです」

「おまえは熱い。眠たいときの幼児だな」

ふふっと咽喉奥でわらわれる。ふしぎとえらそうで、でもふしぎといやなかんじがしない。馨はことりが出会った誰ともちがう。ちがうのはあたりまえだけど、重ならないというかんじがするのだ。

（あ、でも……）

子どもの頃出会った、うつくしい女の子がよみがえる。あの子も、なぜか妙に自信まんまんで、そのくせ、するりとひとの心に入ってくる子だった。

（つばきちゃんにはすこし似ている）

ことりが魔を呼び寄せたせいで死んでしまった友人。

思い出すと、あたたかな記憶と一緒に胸がずきんと痛む。つばきちゃんに会いたい、とふいに強く思った。神祀りの家同士の交流会で、一度会っただけの、でもことりが友人と呼べるたったひとりの女の子。つばきちゃんに今の自分のことを話したい。それはいくら願っても、もう叶《かな》わないことだったけれど——。

しばらく暗い参道を歩くと、ようやく階段の終わりが見えてくる。

山の中腹を切りひらくように、火見野の社は鎮座していた。檜皮葺《ひわだぶき》の屋根を持つ装飾が少ない拝殿では、祭壇で炎《ほのお》が揺らめいている。雨羽の社では鏡に見立てた水盆を置いていたが、火守ではやはり炎なのか。拝殿の天井に届きそうなほど燃え盛る炎をことりは仰ぐ。

馨から離れた火見が、羽を広げて炎の中に飛び込む。目を瞠《みは》ることりの前で、炎はいっそう激しく燃え盛り、再び火鳥《かちょう》のかたちとなって馨の肩に戻った。

「ここにあるのは祭祀《さいし》用の炎だけど、奥宮っていう、拝殿の奥にある異界の入口では、火ノ神が最初に与えた火分けの火が燃えていたらしい。先の当主継承の儀式で消えて、今はないけど」

衣擦《きぬず》れの音をさせて、馨は祭壇の手前にある漆塗りの台の前に立った。台のうえには鉄製の器が置かれ、中には黒く焦げた木片が重ねられている。微《かす》かな甘い残り香が漂う。香木のようだ。馨は懐から新しい香木を取り出し、ことりに渡した。

「祭壇の炎から火をもらって、その器に置いてみろ」

「はい」

もしかしてこの炎がさっき馨が「悪心があると燃やされる」と言っていた炎なのだろうか。どきどきしつつ、炎に香木の先端をかざして、火をもらう。ほどなく火が移ったので、鉄の器の中に香木を置く。甘く苦い香りとともに煙が立ちのぼると、祭壇の炎が呼吸するかのように細長く伸びた。

「火ノ神さま」

ことりのとなりに立った馨が口をひらく。

「この者が貴女《あなた》さまの土地に入ることをどうかおゆるしくださいませ」

直後、炎が大きくふくらみ、ばちばちと火花を散らして爆《は》ぜた。紅蓮《ぐれん》の炎が舐めるようにことりの身体を取り巻き、ワンピースの裾がひるがえる。熱くはないが、火特有のにおいが鼻を刺す。

——燃やされる。

本能的な恐怖で、血の気が引いた。

きづけば炎はもとに戻り、ことりは膝から崩れかけて馨に肩をつかまれていた。心臓の音がどきどきと激しく鳴っている。

「燃やされなかったな？」

ことりに目を向け、馨が口の端を上げた。

息をつき、ことりはちいさな声で訴える。

「青火さまが……」

「うん？」

「ただの言い伝えだと、仰《おっしゃ》っていました……」

「それはどうだろうなあ」

肩をすくめ、馨はことりと同じように香木を置いた。今度は特に異変は起こらず、ふたり並んで手を合わせる。

火ノ神への挨拶はこれで済んだようだ。

行きと同じように手を差し出されたので、そのうえにおずおず手をのせる。参道の階段をことりの手を引いて下りながら、「当主継承の儀式は奥宮で行われるんだ」と馨は言った。

ことりは薄暗い拝殿でひっそりと燃え続ける炎へ目を向けた。社を管理する神官や巫女《みこ》は今はいないようだ。雪のかぶった針葉樹に囲まれた社内は、馨とことり以外にひとがおらず、しんと静まり返っている。

「四年前、俺の前の当主候補は継承の儀式の最中に燃え上がって魔に転じた。以来、ずっと行方知れずになっている――という話だったろう。彼女は火守椿姫《つばき》といって、俺の姉だったやつだ」

つばき、のなまえについ反応してしまい、ことりはびくりと指先をふるわせる。

はずみに離れかけた手をつかんだまま、馨はことりを振り返った。

段差のせいで、高さにちがいのあった目線がちょうど重なる。ことりを見つめて、馨はちいさくわらった。うつくしくて、烈《はげ》しくて、雪闇に舞い上がった火花のようだった。

「俺をたすけてくれるだろう、歌姫？」

――……大地を永劫《えいごう》さまようのはつらかろう。

朝、この話をしたとき、遠くを見ていた横顔がよみがえる。なぜかちぎれるように胸が痛んだ。

「はい」

特に深く考えもせずにうなずいていた。

馨の顔を見ていたら、どうしてかそう言わなければいけないような気持ちに駆られたのだ。何も考えていなかったぶん、言ったあと自分にびっくりしてしまう。

瞬きをひとつして、馨は咽喉を鳴らした。

「心強いな、婚約者どの」

＊…＊…＊

雪が降りしきる中、たたずむ屋敷《やしき》の塀からは赤い椿《つばき》の花が咲きこぼれていた。

車から降りたことりは、ほうと白い息を吐いて、閉ざされた門を見上げる。

本州の北の最果て、火見野にある火守本家のお屋敷。屋敷を囲うようにめぐらされた塀は、どこまでも続いているように見え、広大な土地が広がっているらしいことがわかる。

青火は車を置くために離れたので、屋敷の前には傘を差した馨とことりだけが残される。

凍えるような寒さにことりが背をこごめていると、火見が首元にくっついてきた。

「めずらしいな。火見が俺以外に懐くの」

「そうなのですか？」

「ふつうは誰にもちかづかない。青火にも」

「……もしかしたら、飴《あめ》をお供えしたからでは」

「飴？」

話しながら、馨は閉じた門に向かって「ただいま帰った」と言った。

青火から聞いたが、馨が住んでいるのは火守本家のうち離れにあたる部分らしく、今目の前にある門も正門ではないそうだ。それでも、雨羽の家に比べたら大きく感じられたが。

「――若君！」

老爺《ろうや》が門を開ける端から、小柄な少女が飛び出してくる。小梅《こうめ》を散らした鶯色《うぐいすいろ》の着物を着ていて、髪は左右に三つ編みにしている。十一歳か十二歳くらいだろうか。頬は林檎《りんご》色で、見るからに溌剌《はつらつ》とした明るい眸《ひとみ》をしていた。

「おかえりなさいませ！　無事のご帰還、お元気そうでなによりです！」

「おまえも元気がよすぎるようでなによりだな。のの花《か》」

馨は軽く皮肉を言ったように聞こえたが、のの花と呼ばれた少女は「はい！」と満面の笑みでうなずいた。落ち着かないようすで馨の周りをちょこちょこ歩きまわり、口をひらく。

「あの、今お屋敷が騒然としているんですけど、若君が雨羽の姫さまを連れ帰ったって――」

そこで馨の後ろにいたことりにきづき、のの花は口を開けて固まった。

「もしやそちらの方が……」

「そう、連れ帰った雨羽の歌姫だ」

「かっ」

ぷるぷるとふるえ、のの花は息を吸い込んだ。

――ローレライ！

いつものようにおびえられるのではないかと、ことりは思わず身を硬くする。

「か、わ、い、いー!?」

大声でのの花は叫んだ。遠くの山に向かって叫ぶときみたいだった。

「若君が見初める方は、きっとゴリラかライオンのように狂暴な姫にちがいないと言っていたけど、すごくかわいかったです！」

「どこのどいつだ。そんなくだらないこと言っているのは」

「主にわたしです」

「おまえはまずは主人への礼節を学べ」

額を弾《はじ》かれ、「横暴です！」と少女は不服そうに言い返した。

「この失礼な娘はのの花。離れで働いている」

「はじめまして！」

のの花は三つ編みを揺らして、元気よく挨拶した。ことりも遅れて頭を下げる。

「うかがっております。雨羽の歌姫さまなのですよね？　若君が仕事先で偶然出会った姫さまにフォーリンラブして口説き落として、しまいには連れてきちゃったって聞きました！」

「――……」

「誰だ、それを言ったの」

「青火さまです！」

馨は舌打ちをしかけてこらえ、代わりにすごくいやそうな顔をした。

「あれ、ちがうんですか？」

「……知るか」

「うふふ、照れなくてよろしいんですよ。よかったですねえ、姫さまにうなずいてもらえて」

ことりは表情豊かとはいえない自分の顔にはじめて感謝した。青火が適当なストーリーを作ったのはローレライのことを隠しておくためだと察せられたものの、事実とかけ離れすぎていて、どんな顔をしたらよいかわからない。

「母屋のほうにご挨拶に行かれますか？　雪華さまももうすぐ帰られると思います」

「いや、また後日にする。遣いはやっておけ」

「雨羽……ことりです」

「承知いたしました」

雪華というのは、もうひとりの当主候補だったはずだ。

（いったいどんなひとなのだろう……）

考えていると、畳んだ傘をのの花に渡して馨が言った。

「雪華は俺より三つ年上の先代のひとり娘で、母屋のほうに住んでいる。雪華の母親は身体《からだ》を壊して外で療養しているから、そのほかに母屋にいるのは、雪華の使用人とそばつきのクソガキだな」

「くそがき……」

「クソガキだ」

道中に青火もまったく同じ人物評をしていた気がする。馨からもやはりそれ以上の説明はなかった。

「火守の当主は火守の血を引く八つの家から、いちばん力のある者を長老たちが名指す。代替わりするたび、本邸に入る人間も替わる。今のように、四年も当主が不在なのは異常事態だから、ふつうは母屋と離れにそれぞれ当主候補が住んでいることはない」

「……あの、雪華さまには婚約者さまはいらっしゃらないのですか」

馨が花嫁探しをしていたということは、雪華のほうにも婚約者や配偶者がいておかしくないのではないか。そう思って尋ねたのだが、馨はなぜか急に表情を消して黙り込んだ。

「婚約者は……今はいない」

「いない……」

「死んだ」

ぽつっとそれだけを言うと、馨は曇りガラスが入った戸を引いた。

案内された部屋は、のの花や離れで働く女性たちがことりのために急ごしらえで用意してくれたらしい。畳敷きの和室には、月のかたちの丸窓があり、文机《ふづくえ》には椿が一輪、鉄の花器に生けられている。雪見障子をひらくと、赤い椿が咲く庭が見渡せた。

「お召し物はサイズがわからなかったので、ひとまず椿姫さまが持っていたお着物を用意しておきました。あ、でもお洋服のほうが慣れていらっしゃいますか？」

「どちらでも平気です」

ことりが今着ているのは、魔女に貸してもらった白のワンピースだ。雨羽の家では普段は洋装が多かったけれど、神事がある日はことりも離れで専用の装束に着替えて一日を過ごしたため、いちおうひとりで着付けることもできる。

見せてもらった和簞笥《わだんす》の中には、華美ではないが、丁寧に手入れをされてきたとわかる着物が何枚かしまってあった。それに化粧台や小物入れといった調度もひとそろい用意されている。ことりにはこれまで縁がなかったものばかりだが。

半分ひらいた雪見障子のほうから微《かす》かな薬草の香りがした。

見れば、大人のこぶしほどの大きさの薬玉《くすだま》が鴨居《かもい》にかけられている。薬草を詰めた錦の袋を紙でつくった球体に入れ、常磐色《ときわいろ》の組紐《くみひも》を結んだものだ。雨羽の社でも、似たものが神事で使われていたことがあった気がするが、室内にかけられているのははじめて見た。目を細めて薬玉を見上げていると、「気になるのか」ととなりに立った馨が尋ねた。ののの花たちにことりを任せて一度部屋から離れていたが、戻ってきたらしい。

「よい香りでしたので――」

口にしているさなかに背後から視線を感じた。いったん下がったはずのののの花や離れで働く女性たちが、なぜか襖《ふすま》からちらちらこちらをのぞいている。

「……なんだ」

馨がいやそうに訊《き》くと、「おうかがいします！」と先陣を切って、ののの花が進み出た。

「若君はどのように雨羽の姫さまを見初めたのですか⁉」

ののの花の横からことりの母親や祖母ほどの年齢の女性も次々顔を出す。年代はさまざまだが、皆つやつやした林檎色の頰をしている。

「若君の仕事先で出会ったのですよね？」

「でも、もともと婚約されるはずだったのは別の方でいらしたのですよね？」

「なのに稲妻のように恋に落ちてしまわれたのですよね⁉」

きらきらした目で矢継ぎ早に質問し、顔を突き合わせた女性たちが「きゃー！　恋の嵐ー！」と歓声を上げる。なんだかわからないけれど、楽しそうだ。青火もそうだけど、馨の周りはやたらと明るいひとたちが多い。

「放っておけ。好きなだけ騒いだら勝手に満足して帰るから」

馨は慣れているのか、平坦《へいたん》な反応である。

馨ではつまらないと思ったのか、女性たちの標的はことりに移った。馴《な》れ初《そ》めやら架空のプロポーズの話を根掘り葉掘り聞かれ、困惑したり首を傾《かし》げたりしているうちに女性たちが勝手にきゃっきゃと盛り上がる。馨が言うとおり、騒いでいること自体が楽しいようだ。

女性たちがようやく満足して去ると、にぎやかだった部屋の空気が妙に静かになった。

「あいつらは暇なのか？」と嘆息し、馨は丸窓に腰掛けた。雪曇りのせいか室内は薄暗く、鉄紺の袷《あわせ》に暗灰色の袴《はかま》をつけた馨がそうしていると、一幅の水墨画のようだ。

「雨羽の当主にも、さっきおまえがこの家に着いたって連絡を入れておいた。荷物があれば、雨羽家から持ってこさせるようにするけど」

「いえ……大丈夫です」

雨羽の家から売り払われるときに数少ない持ちものと呼べるものも捨ててきた。すこしのあいだためらったあと、ことりはおそるおそる切り出す。

「父は……なにかわたしについて言っていましたか……？」

「いや？　べつになにも。そうですかで会話終了だったな」

馨の返答にまるで取り繕ったところがないので、ほんとうにそうだったのだろうな、とことりは察した。「そうですか」と父が言ったらしいものと同じ言葉を口にする。それ以外になんと言ったらよいのかわからない。ことりがローレライだとわかったときに……そしてたぶん、父にとって最愛の歌姫だった母が首を吊って死んでしまったあとから、決定的に親子の関係が壊れてしまったのだと知っている。

「ああいう人間は深く考えるだけ時間の無駄だから、とっとと縁を切っておけ。クズがするクズの思考を理解しても、どうせほんとうにクズだなあという感想しか出てこないぞ」

出会ったときから思っていたけど、馨の言葉はいつも初夏の風のようにすっきりしている。

はい、とことりは淡く苦笑した。きっとこういうふうには自分はなれないのだろうけれど、胸に吹き抜けた風のおかげで思ったよりは暗い気持ちにならずに済んだ。

用意してもらった部屋をあらためて見渡す。多くの窓が塞がれていた雨羽の狭い離れに比べると、雪見障子や丸窓のおかげか、開放的に感じる。でも、今日からここが自分の部屋だと言われても、あまり実感が湧かなかった。

部屋の隅に所在なくたたずんでいると、馨は羽織《はおり》を揺らして立ち上がった。さっきことりが触れていた薬玉に目を向けて、「ニワトコ、ハクサンフウロ、チョウジ」と言う。まるで呪文のような言葉の連なりに、ことりは瞬きをした。

「これは悪夢除《よ》けだ。魔を退けて、よく眠れますようにって。のの花あたりが気を利かせたんだろう」

「……そうでしたか」

澄んだ香りがする薬玉にことりは触れた。なんてささやかでやさしい祈りなのだろう。心の外殻をふわりと撫《な》でられたみたいだった。きっと今日はわるい夢は見ない、と思う。

「草のなまえをもう一度教えてくださいませんか?」

「ニワトコ、ハクサンフウロ、チョウジ?」

「ニワトコ、はく……はくさん……」

忘れないように繰り返していると、馨は文机のうえに置いてあった紙を取った。白い紙にすっと文字が引かれていく。天地を切り分けるような迷いのない文字だ。

ニワトコ
白山風露
丁子
「……きれい」

ぽろっと言葉が滑り出る。そんなことは十年以上、ことりの人生では起こりえないことだった。

「きれい？」

馨はペンを持ったまま、いぶかしげな顔をした。

「馨さまの字」

「字ぃ？　ふつう、そこは顔だろうが」

それもそれでふつうのひとからは出てこない言葉のように感じたが、確かに馨はとてもうつくしい男の子でもあった。出会ったら、誰もが思わず目を奪われるほどの。でも、今ことりの心を捉えたのは、馨の容姿ではない。

「ひかって……見えましたので」

「ふうん？」

よくわかっていないようすで、馨はペンを机に転がした。

ことりは折り目正しく並んだ字にそっと触れる。

やっぱり雪闇に灯《とも》った火のように輝いて見えた。三つとも、自分に向けられた言葉。だから、きっとこんなにまぶしく見えるのだ。口にしようかと思ったけれど、うまく説明できない気がして何も言わなかった。ただ目を細めて、紙のうえの文字に触れていた。

そうか、とふいにおとといの光景につながった。

――かおる

シーツのうえに指で書かれた文字を見たとき、なぜああも胸がふるえたのか。

(声を聴いてくれた)

(言葉を返してくれた)

きっと馨にとってはたいしたことではない。誰が相手でもしたことだ。

でも、ことりはうれしかった。

暗闇にちいさな灯《あか》りを掲げられたみたいに、目の前が明るくなったのだ。

「馨さま」

「うん？」

「ありがとうございます。封じを解いてくださって」

今は封印が消えた咽喉に手を添えつつ口にした。考えてみれば、きちんとお礼を言っていなかったことに今さらきづいた。

「べつに——」

馨はめずらしく言いよどむようにしてから、窓の外へ目を上げた。

「俺に必要だから、そうしただけだ」

「はい」

「だから、感謝はしなくてよい」

居心地わるそうに首をすくめた男の子に、はい、と眉尻を下げてうなずく。

青火やのの花たちがこの男の子を慕う理由がなんとなくわかる気がした。

──ずっと自分なんて生まれなければよかったのにと思っていた。

母親に殺されそうになった夜から、その母親が首を吊って死んでしまったあとから。どうしてわたしが生きているんだろう。なんのためにわたしだけが生き続けているんだろう。

(でも……)

贄の間で捨てるはずだった命をあなたは拾い上げてくれたから。

わたしはこの男の子の手を取って、鳥籠の外に広がる世界を知りに行こうと思った。

三　魔除けのおしごと

わ、とことりは思わず声を漏らした。

四角い箱の中では、たくさんの白い虫がもしゃもしゃと緑の葉をかじっている。蚕に似ているが、それよりすこし大きくて、額のあたりに金色の紋様がある。食べている葉は桑ではなく椿《つばき》だった。

「蚕……ではないのですよね？」

「はい。金天蚕《きんてんこ》と呼ばれる、魔と神のあいだのあわいのもの——外の世界では《あやかし》と呼ばれるものたちですね！」

のの花は籠《かご》にのせた椿の葉を金天蚕が集まる箱に落とす。餌をもらった金天蚕たちがごの機嫌そうに身体《からだ》をふるわせた。

——ことりが火守《ひもり》家に来てから二週間が経《た》った。

さっそく椿《つばき》姫の魔が呼べないか、馨《かおる》と青火《せいか》とともに人里から離れた雪山で試みたが、結果は不発に終わった。いくら歌ってもなかなか魔は現れず、やっと現れた魔は狐《きつね》のすがたをした力の弱いものだった。考えてみたら、ことりは特定の魔を呼び寄せるということをしたことがない。どうやるかも見当がつかなかった。

その後も何度か試してみたのだが、椿姫の魔が現れる気配はいっこうにない。

──申し訳ございません……。

肩を落としたことりに、「いや、そんな気はした」と馨は言った。

椿姫が魔に転じたのは当主継承の儀式が行われた春分の日なのだという。魔は生じた時期、生じた場所にいちばん現れやすくなるそうで、これまで一度も目撃できてはいないが、それでも同じ春分を選んだほうが椿姫の魔を呼び寄せられる確率は上がるだろうというのが馨と青火の見立てだった。

ただ、そうなると、二か月後の春分の日までことりにはできることがなくなってしまう。雨羽《あまね》の離れでは、ひとりで暮らしていたため、煮炊きも掃除も家事ならひととおりこなせる。何でもよいからすることはないかと青火に申し出ると、すこし考えたあと「じゃあ、火守の家業のひとつをお手伝いしてくださいませんか」と言われた。

そうして今、ののの花に案内されているのが、火守本家の敷地《しきち》にある魔除けづくりの作業場である。

「金天蚕はやがて時を迎えると繭を作り、蛹《さなぎ》になります。通常の養蚕では、蛹となった蚕を茹《ゆ》で、繭から糸を取りますが、ここでは成虫になって飛んでいったあとの抜け殻の繭を使います。ちなみに金天蚕はあやかしなので、年中もりもり食べて、もりもり育ち、繭を作ります」

年は十一歳だと聞いたが、のの花はことりよりもずっと流暢《りゅうちょう》に仕事の説明をする。金天蚕にやる椿の葉は、火守が管理する神木から摘むそうで、葉を食べた金天蚕により吐き出される糸には強い魔除けの力がこもる。この糸を椿の花や枝で染め、まじないを唱えながら組んで紐《ひも》にする。そうしてできあがった組紐《くみひも》を使って魔除けが張られるらしい。

「魔除けと魔祓《まばら》いが火守の家業です。魔祓いのほうが目立ちますが、魔除けもとっても大事なお仕事なのですよ。病院、公共施設、学校にはだいたいこうした魔除けがほどこしてありますし、特に重要な場所には、火守の人間が直接赴いて魔除けを張ります」

「……雨羽の家にも、火守の方が来てくださったことがあった……と思います」

「魔除けはあまり放置すると、効力が薄まってしまうので、定期的に火守の人間がめぐって張り直す必要があるのですよねー」

ののの花の長い三つ編みにも、茜色《あかねいろ》の組紐を花のかたちに結んだものが挿してある。こうした装飾的な結びは《飾り結び》と呼ばれるそうだが、火守ではこの結びの手法を独自に発展させ、魔除けをほどこしているのだという。

「ことりさんは、今日は金天蚕たちのお世話をしてくださいますか？　わたしも一緒にします！」

「ありがとうございます。あの……」

ことりは言葉を選ぶのにひとより時間がかかる。

「なんでしょう?」

「一緒にいてくださって……心強い、です」

「こちらこそです!」

ののの花はぱっと表情を明るくして微笑《ほほえ》んだ。ふんふんと鼻歌を歌いながら、椿の葉を摘むときに使う籠をことりのぶんも用意してくれる。

「まずは椿の葉を摘みにいきましょう。指を怪我《けが》しないように手袋をしてくださいね」

「はい」

ののの花が言うには、火守の仕事のうち魔除けづくりは馨のもとで働く者たちがやり、魔祓いの手配や調整、そのために必要な準備や後処理といったことは雪華《せっか》のもとで働く者たちがやっているらしい。ふつうは当主のもとで、このふたつの仕事が動くのだが、今は当主不在なので、数年前からふたりで分けることにしたそうだ。

聞いていてすこし意外に思った。馨は火ノ神の分身が降りた依《よ》り主《ぬし》で、ほぼ無敵の魔祓いの力を持つと聞いたけれど、預かっている仕事は魔除けのほうらしい。

「うーん。馨さまのあれは破格のお力なので、ひとりだけ理がちがうのですよね。ほかの方々のように術で火ノ神の力を一時的に借りるのでなく、火見《ひみ》さまにお願いして魔祓いをしていただいているという――……あの方はえらそうなので、はたから見ると火見さまに命じて魔祓いをさせているように感じるかもしれませんが、原理としてはそうなります。神さまにこいねがい、魔祓いをしていただいているのです。ですので、魔祓いの術のことはたぶん、雪華さまのほうがお詳しいんだと思いますよ」

しめ縄が張られた椿の神木から緑のつやつやした葉を摘みながら、ののの花が説明する。

ちなみに今日は平日なので、馨は高校に行っている。ことりと同い年の高校二年生らしい。ことりも高校に編入するか青火に訊《き》かれたが、ずっと学校に行かずに離れで歌譜の書き写しをしていたので、とても勉強に追いつけるようには思えなかった。

ことりに文字の読み書きや、生活に必要な最低限の知識を与えてくれたのは、離れに棲《す》む歴代のローレライの亡霊たちだ。非業の死を遂げた彼女たちは、幼いことりを憐《あわ》れみ、触れることはできなかったけれど、そばに寄り添ってさまざまなことを教えてくれた。ことりがあの場所で心まで壊さずにいられたのは、彼女たちのおかげだ。

(そういえば、ののの花さんも学校には行っていない……)

あたりまえのことに今さらきづき、ことりは自分のぼんやり加減を恥じた。十八歳以下の子どもたちの多くが平日、学校に行っているという感覚がことりには薄い。気になったものの、ぶしつけに尋ねてよいかもわからず、胸のうちにとどめておいた。

籠いっぱいの椿の葉を摘み取ると、作業場へ戻る。

金天蚕の世話をしているのはののの花とことりだが、ほかの女性たちは染液で糸を染め、外に出した盥《たらい》でじゃぶじゃぶ糸を洗っていた。樹《き》と樹のあいだに渡された紐に淡い青や薄紅、青紫、淡紫の糸がかけられて風にそよいでいる。

今日は雪が降っていない。晴れた空から射《さ》した陽《ひ》で、糸が内側から輝いて見える。

「きれい……」

目を細めて、ほろりとつぶやく。

前を歩くのの花がきづいて、「わかります」とうなずいた。

「わたしも糸が並んでいるすがたを見ているのがだいすきです。でも、育った金天蚕がいっせいに羽化して飛び立つのもきれいですよ」

「はい、すてきそうです」

「今度、一緒に見ましょう！」

のの花はうきうきしたようすで、「ほら、おまえたちもっと肥えろー」と金天蚕たちに椿の葉をあげた。ことりも自分が摘んだつやつやの葉を金天蚕たちの頭の近くに、ちょっとずつ置く。金天蚕がのろのろ動き、葉を食べはじめた。ちいさな咀嚼《そしゃく》音がなんだか愛らしく聞こえる。

しばらくのの花と金天蚕の餌やりをしていたが、ふといくつかの視線がこちらに向けられていることにきづいた。休憩をしていた女たちが、肘で小突き合いながらことりたちをうかがっている。

「何ですか、ひたき」

女たちのうち、すらっとした短髪の少女に向けて、のの花が訊いた。

「おやつにおまんじゅうをふかしたんですけど……」とひたきは持っていた蒸籠《せいろ》をことりに差し出す。中では大きなまんじゅうが湯気を立てている。

「おひいさまもおひとつどうぞ！」

……おひいさま？

すこしふしぎに思ってから、どうやら自分のことを指しているらしいと察する。

「あ、ありがとうございます……」

なぜか互いにもじもじしながらまんじゅうを手に取る。

ちぎったひとかけらを口に入れ、ことりはぱちりと瞬きをした。甘いものを想像していたが、中に入っていたのは刻んだ野菜とひき肉の甘辛い餡《あん》だ。ふかふかした生地にこっくりした餡の甘辛さが合っている。のの花の横でもくもくと食べていると、女たちがかたずをのんで見守っていることにきづいた。

あ、と思ってことりは居住まいを正す。

「とても、おいしいです」と神妙な顔で伝えた。これまでの環境のせいで、ことりは感じたことを口にするのをよく忘れる。

「甘いと思ったら、甘辛くて……」

「えっと、皆作業でおなかをすかせているので、お惣菜《そうざい》風なんです。あっ申し遅れました、ひたきです。のの花と七つちがいの姉です。おひいさまがゴリラでもライオンでもなくて、ほんとうによかった……」

「ふたばです。最近子どもたちの手が離れたので、またお屋敷《やしき》づとめをはじめました！」

「小梅《こうめ》です。わたしがおもにおひいさまのお部屋を整えました！」

「椿のお世話をしてます白樫《しらかし》です。孫は九人で、十人目は今娘のおなかの中です」

遠巻きにしていたのは単にこちらのようすをうかがっていただけらしい。ひたきが口火を切ると、下は十代から上は七十代くらいまでの女性がことりを取り囲み、次々挨拶する。

のの花が言うには、離れでは現在、総勢十人の使用人が働いているらしい。

「よければ、もうひとつどうぞ！」

蒸籠を差し出されたとき、ひたきの袖口から赤黒く爛《ただ》れた傷痕がのぞいた。相手にはきづかれない程度にことりはひっそり目を瞠《みは》る。

（魔障《ましょう》……）

しかも深い。これほどの傷はおそらく雨羽の歌姫にも治せないだろう。治癒できなかった魔障は生涯にわたり、当人を苛《さいな》むことになる。

「ことりさん？」

「……あ、いえ」

のの花に声をかけられ、首を振る。

陽を避けて一定の温度に保った室内では、金天蚕《きんてんこ》たちが食事を続けている。一匹がどういうわけか、ひっくり返って、たくさんついた足をじたばたさせているので、指でちょんとつついて戻してあげた。また食事をはじめた金天蚕にほっと目を細めていると、「ことりさんはあやかしに触れるのが平気なんですね」とのの花がつぶやいた。

「え？」

「火守の敷地は強力な結界が張られているので危険はありませんが、あやかしのような《あわいのもの》は場合によって魔に転じることもありますから。神祀《まつ》りの家によってはいやがる方も多いって聞きました」

そういえば、雨羽の家ではこんなふうにふつうにあやかしは見られなかったように思う。ただ、ことりが住んでいた離れにはときどきこうしたあやかしがやってきたし、あやかしとはちがうけれど、ことりを育ててくれたのはローレライの亡霊たちだ。

「金天蚕さんたちは……きちんとお仕事をされているので、えらいと思います」

感じたことをすこしずつ口にすると、「確かにわたしよりも仕事をしているかもしれない……あなどれない……」とのの花は複雑そうにつぶやいた。ことりからすれば、のの花もその歳《とし》で十分すぎるほど働いているように思えるのだが。

「あっ、でも金天蚕に直《じか》に触るのはすこしお気をつけくださいね。あやかしはひとの……

特に神祀りの方の血を大量に摂取すると、たちまち神か魔に転じてしまいますので。ふつうの切り傷程度なら、問題ありませんけど！」

「そういうものなのですね……」

今はほのぼのと椿《つばき》の葉を咀嚼している金天蚕もやはりあやかしなのだと思って、ことりはすこしどきどきした。

「さっき、ひたきの魔障に目を留めていらっしゃいましたね」

「あ、すみません。ぶしつけに……」

そうするつもりはなかったけれど、失礼だったかもしれない。すぐに謝ると、「だいじょうぶですよ」とのの花は表情を緩めた。

「わたしの腕にも、同じものがあります」

袖をめくりあげてのぞいたのの花の左腕を見て、ことりはちいさく息をのんだ。少女らしいみずみずしい膚《はだ》は途中で消え、黒褐色の枯れ木のように転じている。そして二の腕を過ぎたあたりから、またもとの少女の腕に戻っているのだった。

「二年前に、両親とひたきと梅の魔に襲われたんです。以来、このように」

のの花が学校に通っていないらしい理由にことりは思い至った。この腕を周囲に見せるのは勇気がいるだろう。まして神祀りの家の人間以外も集まる場所だ。

「両親もそのときに亡くしまして、ほんとうはひたきと別々の施設に送られるはずだったんですけど、わたしがどうしてもひたきと離れたくなくて……。病院の廊下の真ん中で大人たち相手に駄々をこねていたら、偶然居合わせた若君がこの場所で働けるよう取り計らってくれました。わたしたちが一般人にしてはめずらしく、あわいのものを見る目を持っているため、条件に合ったというのもあるみたいですけど。ちなみに学校には通信で通っています。友だちもたくさんです！」

話の内容のわりに、のの花の口調はさっぱりしていて、湿ったところがない。袖を戻し、右の三つ編みにつけた茜色《あかねいろ》の飾り結びに触れる。よく見ると、それは梅の花をかたどって結んであるようだった。

「この飾り結びはここで働きはじめたとき、若君がポイッとくれました。梅花の魔除《まよ》けなので、梅の魔は絶対ちかづかないそうです。おやさしいでしょう？　あの方は口がわるいし、とくべつ善人でもありませんが、わたし、誠心誠意お仕えしようってそのとき決めました。だから、婚約者さんがゴリラでもライオンでもお支えするつもりでしたが、とってもすてきな方でうれしいです！」

熱心な眼差《まなざ》しを向けられ、ことりは返答に困ってしまう。

のの花たちが見ず知らずのことりに親切にしてくれるのは、馨が見初めて連れ帰った婚約者だと思っているからだ。でも実際は魔を呼び寄せることりの歌声が使えるというだけで、馨がことり自身をどうこう思っているわけではない。なんだか、のの花たちを騙《だま》しているようで、申し訳なくなってくる。でも、ローレライの話は火守のひとびとには隠すことになっているから、何も言えない。

「あ、でもことりさんは、若君のよいところをきっともっとご存じですね！」

ことりが馨の気持ちに応えて婚約したと思っているらしいのの花は、はずんだ声で話を振った。

「よいところ……」

とっさに返す言葉が思いつかず、ことりは眉間にしわを寄せる。

のの花は屈託のない表情でことりが口をひらくのを待っている。

「ええと……。……あっ、馨さまは字がとてもきれいです」

これは絶対にまちがいないと思って挙げると、「字……」とのの花はいたたまれなそうな顔をした。

「……若君、もっとがんばれ!?」

「え？　はい」

自分にあてた言葉ではなかったが、勢いに押されてついうなずいてしまう。

「そういえば、ことりさん。若君からプロポーズされるとき、ちゃんと『アレ』ってもらいました？」

「アレ、ですか」

意味深そうに言われても、ことりには皆目見当がつかない。儀礼的であっても、あのとき何か馨からもらったものなどあっただろうか。青火には道中のど飴《あめ》をもらったが、さすがにちがうとわかる。

難しい顔で考え込んでしまったことりを見つめ、「あとで若君を問い詰めよう……」とのの花はつぶやいた。

＊…＊…＊

モニター越しには、白衣を着た魔女の顔が見える。

セルフレームの眼鏡のブリッジを押し上げた魔女は、モニターに向けて肩を見せていることりに「ふむ」とうなずいてみせた。

ことりが今いるのは、火見野《ひみの》にある中央病院の魔障外来で、魔女の弟子を名乗る小魔女先生が専門医として勤めている。

新都近郊にある病院に勤める魔女はことりを直接診ることはできないので、小魔女先生の取り計らいで、モニターを用いて遠隔診療をしてもらうことになった。小魔女先生は今は窓際の椅子でのんびりコーヒーを飲んでいる。

『腫れは引いてきているわね。痛みはまだある？』

「腕を動かしたときにすこしあるくらいです」

『どんなふうに痛むの？』

いくつか質問をしたあと、魔女は小魔女に数種類の薬草の名を伝えた。それで特製の湿布薬をつくるらしい。「了解でーす」と軽やかな返事をして、小魔女が席を立つ。

『それにしてもあなた、半月で見違えるように顔色がよくなったわねえ』

ひととおりことりを診終えると、モニター越しに魔女がにやにやとわらった。

「そうでしょうか……？」

ことり自身にはあまり自覚がない。鴨居《かもい》にかけられた薬玉《くすだま》のおかげか、以前よりはよく眠れていると感じるが。

『チビが連れてきたときは、死んだ魚のような目をしていたわよ。生気が欠片《かけら》もなくて』

「死んだ魚……」

それは確かにひどい。

『聞いたわ。馨の婚約者になったんだって？』

「馨さまは……ローレライの力をお望みのようでしたから」

ローレライのことは、雨羽以外では馨と青火と魔女だけが知っている。

ふうん、と魔女は眼鏡の奥の眸《ひとみ》を細めた。

『まあ、あたしはあなたたちを見たときから、そうなる気がしていたけどねー』

「そうなのですか？」

『力を持つ者同士は引き合うから。馨はそういう勘が鋭いし、あなたを放っておかないだろうなあって思ってた。あなたのほうはどう？　いやだった？』

「いやか、いやではないかで考えたことが、あまりないので……」

馨はことりに声を返してくれた。皆が封じよといったものを解けばいいと言ったのは馨だけだった。だから、自分がしてもらったことをほんのすこしでも馨に返せたらよいと思って、馨の提案を受け入れた。ことりにはほかに行く場所がなかったというのもあるけれど……。

『まあ、今のあなたはそんなものでしょうね』

魔女は苦笑した。

「お師匠さま、湿布薬の用意ができましたよー」

『オッケー。じゃあそろそろあたしも会議に戻らないと』

最後に『あいつによろしく』とウインクして、魔女は通信を切った。

小魔女から湿布薬の説明を受けたあと、診察室を出る。廊下の窓に映った自分に、ことりは何気なく目を向けた。無地のキャメルのワンピースに白のダウンコートを重ね、髪はサイドで緩めの三つ編みを結っている。ぼんやりした無表情はいつもどおりだが、確かに前よりも顔色はよいのかもしれない。

ほんの二週間前は、雨羽の離れにいたのが嘘《うそ》のようだ。ことりのことを唯一心配してくれたローレライの亡霊たちは、ことりが生きのびたことを知っているだろうか。でもあのひとたちは、ふしぎとことりのことはよくわかるようだったから、きづいてくれている気もする。

病院を出て、まだ操作が慣れない端末に「おわりました」と打ち込む。変換に手間取っているあいだに、病院の中庭にいる馨を見つけてしまった。いつもの和装ではなく、通学用の紺のフード付きのダッフルコートを着ていて、中庭の隅にある楡《にれ》の古木に何かを結んでいる。火見はコートのフードの中にすっぽり入っていて、どうやら寝ているようだった。

「お待たせしました」

メッセージを消して、ことりは馨に声をかけた。

楡の太い幹には、淡い青色の組紐《くみひも》が見慣れない形で結ばれている。

「魔除けですか？」

「ん？　ああ、そうだ」

ことりが診察を受けているあいだ、馨は病院の魔除けの張り直しをしていたようだ。魔除けは定期的に張り直さないと効力が薄れると聞いた。病院や学校、公共施設など、至るところに張られているらしいから、管理するだけでも大変そうだ。

ことりは幹にかけられた結びをじっと見つめる。

「なんだ」

「なんの結びかただろうと思って……」

「なんだと思う?」

面白がるように馨が訊《き》いてきた。

「葉のような……でも楕円《だえん》がふたつ重なっておりますね」

ののの花のときは梅の花でわかりやすかったが、今回はすぐに判別するのが難しい。

「これは貝だ。この場所は水の気が強くて、水系統の魔を呼び寄せやすい。だから、はじめに貝を結んで閉じ込めておく」

言われてみると、確かに二枚貝を捕らえるような結びかたをしている。

「結びかただけでも百種類以上ある。べつにそのとおりやらなくてもよいけど、術者のイメージが弱いと効力も薄れるから、昔から使われている結びかたのほうが強くなることが多いな」

「馨さまはなんでもできるのですね」

魔祓いも魔除けもできるなんてすごいと思ったのだが、「俺は魔祓いの術はひとつも使えないぞ」と馨は顔をしかめた。そういえば、ののの花も馨の力はほかと理がちがうと言っていた。

「椿姫は昔から一族でも飛び抜けて才があったけど、俺はぜんぜんだったから、魔除けのほうを習わされたんだよな……。でも、こちらのほうが俺はすき」

意外に思った。馨はなんとなくこういう地味な作業を面倒がると思っていた。でもことりも、まだ金天蚕《きんてんこ》の世話を覚えはじめたばかりだが、魔除けに関わる仕事はきらいではない……気がする。比べるものが少ないことりには、すきの気持ちはよくわからなかったけれど……。

「帰りますか？」

馨の仕事も終わったようなので尋ねると、「いや」と馨は魔除けをかけた楡の木に軽く背を預けた。

「今日はこのあと寄るところがある」

「そうでしたか」

「他人事《ひとごと》そうだけど、おまえの話だぞ」

どういう意味だろうと思いつつ、ことりはひとまず馨の話に耳を傾ける。

「おまえ、のの花と仲良くなっただろう」

「……仲良く、なれたのでしょうか？」

あまり実感がないので、尋ね返した。

「あいつはあれで案外好き嫌いが激しいから、すきじゃないやつには自分からはちかづかない。――で、昨晩のの花から、おまえが飾り結びを持っていないようだけど、ほんとうに求婚したのかって詰め寄られた」

「婚約と飾り結びは、何か関係があるのですか？」

きのう、のの花に馨に求婚されたときに「アレ」をもらったかと訊かれたことを思い出した。つまり、「アレ」とは飾り結びのことだったのか。

「火見野では、相手に飾り結びを渡して求婚するのが習わしなんだ。といっても、じいさまより上の世代の習わしだし、俺も忘れてたけど……火守の人間はみんなそういうのがすきだからなー」

息をつき、馨は気を取り直したようすで楡の木から背を離した。

「街に出たから、ついでにひとつ、それっぽいのを買っておこう。これみよがしにどこかにつけとけ。――火見野の街はまだ歩いてないな？」

「ここに来たとき、車の窓から眺めはしましたが」

「それは歩いたとは言わない」

呆《あき》れたふうに馨は肩をすくめた。

行きは青火に車で送ってもらったけれど、次の目的地までは徒歩で移動することにしたようだ。休日だからか、病院がある中心街の付近は結構ひと通りが多い。横断歩道の信号がぱっと変わると、大量のひとの波が押し寄せた。

「……っ！」

思わず後ろから馨のダッフルコートの端をつかむ。

「なんだ?」

「あ……いえ」

すぐに手を離して、なんでもないというように首を振る。ひとごみがこわいなんて幼子でもないし、とても言えない。馨は流れてくる通行人とことりをすこしのあいだ見比べたあと、火見野の社の参道のときのように手を差し出した。

「また何かにふらふらついていったりするなよ」

「……それは、もうしないです」

「どうだか」

手を引かれて、信号が点滅しはじめた横断歩道を渡る。

馨の手のつなぎかたは、女の子というより年下の子どもにしてあげているみたいなかんじだ。ふたつのちがいは、ことりも詳しくなかったけれど……。でも、いやか、いやじゃないかなら、馨と手をつなぐのはいやじゃない、と思う。置いていかれないと思えるから。

火見野の中心街は、高層ビルが立ち並んでいた新都とはまたちがい、ところどころに昔ながらの趣を残していた。東西鳥街《とうざいちょうがい》と呼ばれる商店街は、西が食品市場、東が飾り結びをはじめとした職人街になっているらしい。ちなみに、火守本家で作られた染め糸はほとんどが魔除《まよ》けに使われるが、八つの家のうちの六ノ家は一般人向けに装飾用の組紐や飾り結びを売って収入を得ているようだ。これらの品は通常の蚕を使い、染めも椿《つばき》の神木を用いていないぶん、魔除けの効果は劣るが、装飾品としてはずっと優れているらしい。

東鳥街《ひがしちょうがい》に向かうため、西鳥街《にしちょうがい》を横切ると、威勢のよい呼び込みの声が聞こえた。レトロな色ガラスが透けるアーケードの下には、「鳥」と大きく染め抜かれた旗が並んでいる。店先から甘辛いたれや揚げものの香ばしい香りが漂ってくる。

「すごい活気ですね」

「のの花とひたきは、よくここで揚げたての豆乳ドーナツを買ってくるな」

「豆乳ドーナツ……」

食べたことはないけれど、確かにおいしそうな響きだ。

「食べたそうな顔をしてるな」

「そ、そんなことはないです……」

そんなにもの欲しげな顔をしていただろうかと空いているほうの手で頬に触れていると、馨のコートのフードから目を覚ましたらしい火見が頭を出した。こちらはもっとあからさまに馨の髪を引っ張って、買え買えと主張してくる。

「おまえはそのうち肥えて飛べなくなるぞ」

と言いつつ、馨は店先で揚げたての豆乳ドーナツを三つ買った。あまり敬っているようには見えないけれど、馨は基本的にこの神さまに甘い。神さまなので、甘いという表現が合っているのかはわからないけれど。

　店の前に置いてあった木製のベンチに並んで腰掛ける。もらったドーナツはこがね色をしていて、ちぎると、香ばしい油と砂糖の香りがふわっと漂う。おそるおそる口をつけて、

「……ふ」とことりはへんな声を出した。揚げたてなので、とっても熱かったのだ。口を押さえてとりあえず嚙《か》んで飲み下すが、味はよくわからなかった。

「そんなに急いで食べるからだ」

　ふふっと、となりからわらい声が上がる。

　呆れられるのかと思ったらわらわれた。

　割ったドーナツを火見にあげている馨を見つめ、ことりは表情をなごませた。

「馨さまはわらうと、かわいらしいのですね」

「はあ？」

　馨はとたんに怪訝《けげん》そうな顔をした。もうすこし見ていたかったのにすぐに消えてしまって、ほんのり残念な気持ちになる。

「ええと……の花さんに馨さまのよいところを訊かれていたので、次に訊かれたときのために考えていたのです」

「ふうん？」

　もう一度、次はちゃんと息を吹きかけてドーナツをかじると、ふわふわの生地に砂糖と

豆乳のやさしい甘さが広がった。結構な大きさだったのに、さくさくと食べられてしまう。

「訊かれたときはなんて答えたんだ？」

膝のうえに頬杖《ほおづえ》をつき、馨が尋ねてきた。

「字がおきれいです、と」

「前にもそんなこと言ってたな」

「あと豆乳ドーナツを買ってくれます」

「青火でも買うんじゃないか？」

「ひとごみで手をつないでくださいます」

「ふうん」

「あ、あと、わたしの話をちゃんと聞いてくださいます」

一生懸命思いつく「よいところ」を挙げていると、ふいに馨と目が合った。アーケードから冬の陽《ひ》が射《さ》している。馨は陽射《ひざ》しのあたたかさにまどろむようにちいさくわらった。

「おまえが言うとなんでもよいところになりそうだなぁ」

ことりの胸にも冬の陽が射し込んでくる。かわいい、とはちがう気持ちが湧き上がったけれど、たとえる言葉を知らなかった。

ドーナツを食べ終えると、目的の店がある東鳥街へ向かう。そこかしこで呼び込みの声が飛び交い、雑然としていた西鳥街とはちがって、東鳥街では雅《みやび》やかな染め抜き暖簾《のれん》が静かに風に吹かれている。といって、もの寂しい雰囲気ではなく、両脇に店が並んだ道をぽつぽつとひとが行き交っていた。

「ここだな」

紫の暖簾がかかったひときわ大きな店の前で馨は足を止める。

染め抜き暖簾には「むすび」と崩し文字で書かれており、町屋らしい年季が入った構えの店先にたくさんの飾り結びが下がっている。魔除けをほどこす際の結びとはちがい、装飾を目的とした品々は華やかで、髪飾りやストラップ、香袋など用途もさまざまだ。

「じゃあ、この中でいちばん婚約者っぽい飾り結びを探すぞ」

ふつうは恋の気持ちが高まって求婚するときに選ぶものだが、馨とことりの場合は、先に目的があって婚約者になったので、周囲に「恋の気持ちが高まって求婚した」と思ってもらえる飾り結びを探すようである。順序が逆なので、あべこべなことをしているかんじがする。

「あの、婚約者っぽい、とはどんなものをいうのでしょうか……？」

「うーん。定番は吉祥紋とか鶴亀だけど、それも安易な気がする」

「なるほど」

確かに馨は定番はあまり選ばないのかもしれない。

「おまえがすきなものを選べばいいんじゃないか」

早々に馨は適当なことを言い出した。

「すきなものですか」

花だけでも、桜、水仙、椿、紫陽花《あじさい》、薔薇《ばら》、ひまわり、桔梗《ききょう》……数えきれないほど種類があるし、動物や植物、幾何学模様など、ほかのかたちも合わせるとキリがない。さらに組紐《くみひも》の色もとりどりで、組紐の先に通されたとんぼ玉にもいろんな石があるようだった。

真剣な顔で考え込み、右から左へ行ったり来たりし、ことりは力なく首を振った。

「馨さまのおすきなものでよいです……」

「なら、この赤とゴールドと虎のぎらぎらしているやつにするぞ」

「そ……。いえ、それでよいです」

「微妙にいやそうに言うな」

うーん、とふたりで額を突き合わせて唸《うな》っていると、

「あーっ！」

後ろから突如大声が上がった。

びくっとして振り返ると、馨やことりと同い年くらいの学ランの男の子がこちらを指さして、わなわなふるえている。

制服を見るに、馨と同じ高校だろうか。今日は学校はないはずなので、どうしてこの子だけ制服なのかはわからなかったが、身長よりもさらに長さのある弓を肩に担いでいる。

やや色素の薄い髪はやわらかそうで、左目の下には泣きぼくろがある。馨の凛《りん》とした雰囲気とはまた異なる、育ちがよさそうというか、清楚《せいそ》な印象を持つ少年だ。それだけにこちらに向けて指さすすがたに落差がある。

「なんでこんなところにいるんだ、馨！」

ちらっと男の子に目を向けただけで、馨は何事もなかったかのように飾り結びに目を戻した。

「おい、今しっかりこちらを見ただろう？　僕に喧嘩《けんか》を売っているのか？」

「――いいか、あれはクソガキだから無視しろ」

男の子のほうではなくことりに言って、「う－ん、こっちの恐竜とか……」と馨は緑の飾り結びを手に取った。そのあいだも、男の子はひとりで悪態をついている。通行人の注目が集まりだすに至って、馨は嘆息まじりに飾り結びを置いた。

「うるさい、雷《らい》。俺のことはさま付けで呼べ。下っ端のくせに無礼なやつだな」

「ああ？　八ノ家のおちこぼれがえらそうに」

「おまえこそ、じいさまのコネで雪華のそばつきの後釜になったみたいなもんだろ」

「はー!?　僕だけじゃなく雪華さままで侮辱するな！」

「片恋をこじらせると大変だなー？」

ぷぷっと感じ悪く馨がわらっていると、「おっ、おひいさまに恋とかしてねえし！」と雷と呼ばれた少年は頬を染めつつ言い返した。馨よりも背が高いが、醸す雰囲気は行きがけに見た大型犬に吠《ほ》え立《た》てるポメラニアンに似ている。まだぶつぶつと文句を言いつつ、雷はそこではじめて馨の背に隠れていたことりにきづいたようで、「あ」という顔をした。

「ことり。このクソガキは、雪華のそばつきで、二ノ家の次男の雷だ。すぐに忘れてよい」

「雨羽ことりと申します」

深々お辞儀をすると、「ど、どうも……」と雷は急にきょどきょど頭を下げた。それから、はっとしたようすで、「馨なんかの婚約者に頭を下げてしまった！　地の底に落ちろと言うつもりだったのに！」と顔を覆う。雪華のそばつきということは、馨にとっての青火のようなひとになるのだろう。両者の雰囲気がまるでちがうので、ことりは戸惑う。

「ほら、挨拶も済んだんだから、とっとと帰れ」

「なぜ僕のほうが先に去らないといけないんだ」

「おまえ、この店に用なんかないだろう」

馨が呆《あき》れた顔をすると、「用はないけど、そっちが去れ」と雷が言い返す。すがすがしいほどむちゃくちゃなので、ことりはすこし感心してしまった。

「そもそもおまえら、こんなところで何をしているんだ」

雷は胡乱《うろん》げに店先にかかった飾り結びを見やる。

「べつに何だってよいだろう」

「飾り結びを探しておりました」

　馨は話を流しにかかったが、ことりのほうは素直に答えてしまった。あ、と思ったが、すでに遅い。「へええ？」と雷はにやにやとわるいポメラニアン顔をした。

「馨が、婚約者に、飾り結び。天気雨と雹《ひょう》が降りそう。あと絶対、趣味がわるい」

「……うるさいな」

「で、どれにするんだ」

「その……金の虎と緑の恐竜で悩んでおりました」

「おまえもいちいち律義に答えるな」

　渋面をして、馨はことりの三つ編みを軽く引いた。横では雷が腹を抱えてわらっている。

「こういうのはなー。もし僕がうるわしの雪華さまに献上するなら、銀糸の入った青を基調に、花はもちろん水仙の――」

　滔々《とうとう》と雷が語りだした直後、学ランの後ろポケットで端末が振動をはじめる。

　雷の反応はすばやかった。ワンコールですぐに電話を取り、「はいっ、おひいさま！」と通話口の相手にきりっとした声を返す。

「はい、豆乳ドーナツをふたつですよね、もちろんどこにも寄り道してないし、今店の目の前です！」

そのまま敬礼でもしそうな勢いで電話を切ると、雷は馨を振り返った。

「僕はおひいさまから仰せつかった重要な任務の最中だったからもう行く。いいか、おまえは今、僕のおひいさまの寛大な心にたすけられたんだから、肝に銘じておけよ」

「はいはい、おつかいご苦労だな」

「お、おつかいじゃねえし！」

布を巻いた弓を担ぎ直すと、雷は西鳥街に向かって駆けていってしまった。

その場には嵐のあとみたいにことりと馨が残される。

「元気な方なんですね」

ことりが感想を述べると、

「元気でまとめるおまえもなかなかだな」

と馨は肩をすくめた。

もうひとりの当主候補だという雪華には都合がつかず、まだ会えていないが、いったいどんなひとなのだろう。すこし話しただけでも、雷の心酔ぶりがうかがえた。

想《おも》いを馳《は》せつつ、ことりは店先に目を戻す。雷が言っていた、銀糸の入った青の水仙の飾り結びを手に取っていると、

「それがいいのか？」

ふしぎそうに馨が訊《き》いてきた。

「……いえ」

　これは雪華というひとに雷が献上したい飾り結びであって、ことりが探しているものではない。考えてから、そうか、と腑《ふ》に落ちた。いやか、いやじゃないかで言ったら、ここには「いやじゃない」ものばかりが並んでいるけれど、ことりが探しているものはきっと最初からないのだ。

「あの……馨さま」

　一度声を発してからためらい、ことりは目を伏せた。

「なんだ？」

「……もしなんでもよいなら……。わたしにも、馨さまが結んだものをいただけませんか……？」

　促す声に背を押されて、おそるおそる思っていることを口にする。

　の花が髪につけていた梅花のかたちの飾り結びが脳裏によみがえる。店先に並ぶ職人が手がけた品はどれも技巧が凝らされていてうつくしいが、思い返すと、ことりには素朴なあの結びがいちばん輝いて見えた。二度と魔がちかづかないようにと込められた祈りに胸があたたかくなったのだ。

「俺だとただ結ぶだけだぞ。そんなお手軽でいいのか？」

「はい。貝でも、虎でも恐竜でも、なんでもかまいませんので」

「ふうん？　まあよいけど」

吹きつけた風は夕暮れどきのつめたさをまといはじめていた。

「帰るか」と来たときのように馨が手を差し出してくる。夕方になり、買い出しのためか、商店街を歩くひとは増えている。ことりがひとごみでびくびくしていたことを覚えていてくれたのだろうか。赤い指先がつめたそうに見えたけれど、手を差し出してもらえたことがうれしくて、そっと指を絡めた。

「結局、雷に吠えられて終わっただけの気がするな」

「そうですか？」

東鳥街と西鳥街が交差する場所にちかづくと、甘辛い醤油《しょうゆ》や揚げものの雑多な香りが風にのって運ばれてくる。通りがかるひとびとの背に赤銅色の残照が射《さ》している。あのひとたちと同じように、ことりにも今は帰る場所がある。たとえかりそめでも。

「でも、豆乳ドーナツはおいしかったです」

豆乳ドーナツの言葉に反応したのか、馨のフードでうたた寝をしていた火見がまたもぞもぞと身じろぎをする。「もう買わないぞ」と火見の頭をフードに押し戻している馨が微《ほほ》笑《え》ましくて、ふふっとちいさく声を立ててわらった。

ふいに立ち起こった風が、ことりの緩く編んだ三つ編みや、コートの下のワンピースをふわりとはためかせながら通り過ぎた。目を細めた馨が何かをつぶやく。

「どうかされましたか？」

瞬きをして尋ねると、「あー」と馨は残念そうな声を出した。

「一瞬だったな……」

「はあ」

「──あ、おまえのよいところ、俺もひとつ思いついたぞ」

「えっ、はい」

来たときにしていた話をやり返されるとは思わなかったので、ことりは動揺した。気になるけれど、訊いてよいのかわからない。しばらく葛藤していたが、歩いているうちにやっぱり気になってしまって、ことりは馨を見上げた。

「どこ、でしたか」

「ん？」

「よいところ……」

ことりにしてはかなり勇気を出して訊いたのだが、馨は目を伏せて「ひみつ」と言った。

「えっ」

「次に訊かれたらそう答えればいいんだ、のの花には」

「なるほど……」

妙なところに感心してしまってから、なんだか話がずれた気がする、とことりは思った。

＊…＊…＊

——つばきちゃん！

目を瞑《つむ》ってすこしして、あ、また夢を見ている、ときづいた。

夢の中のことりは六歳の子どもに戻っていて、力なくことりに寄りかかる女の子に必死に呼びかけている。女の子は固く目を閉じ、顔も死人のように蒼褪《あおざ》めていた。いつもの光景だ。

——ねえ起きて、起きて、つばきちゃん！

何度も呼ぶが、つばきが目を覚ます気配はない。あたりには、むっとする血のにおいが立ち込めている。ことりを大蛇の魔から守ってつばきが流した血だ。

(ごめんなさい)

(ごめんなさい。わたしが……)

つばきの身体《からだ》を引き寄せ、ことりはか細い嗚咽《おえつ》を漏らした。

(わたしが歌なんか歌ったから)

「……っ！」

自分が上げたちいさな悲鳴で目を覚ました。

呼吸が荒い。布団の中でしばらく胸を上下させ、細く息をつく。

火見野に来てから見ていなかった夢だ。以前はもっと頻繁に見ていた。

壁掛け時計を見ると、夜の十一時を過ぎていた。身体を丸めて目を瞑ったが、眠気はいっこうに訪れない。あきらめて、ことりは身を起こした。

寝巻代わりにしている浴衣のうえに羽織《はおり》をかける。以前椿姫が使っていたという羽織は、レトロな椿《つばき》柄が黒褐色の地に描かれている。新しいものを仕立てましょうかとの花に訊かれたが、手入れされてきたことがわかる品ばかりだったので、ことりはそのまま借り受けることにした。ひとに大事にされてきたものは、新品とはちがうやさしい手触りがあってほっとする。

こうしてひとりで外の雪音に耳を澄ませていると、雨羽の離れにいた頃に戻るかのようだった。昼間の西鳥街のにぎやかな喧騒《けんそう》や、油っぽい甘い香りと揚げたてのドーナツの味、つないだ手の感触のほうがぜんぶ夢みたいに思える。

雪山で馨はことりの歌声を褒めてくれたけど、でも、その歌で大事な友人に大怪我《けが》を負わせ、その結果死なせてしまったことは、まだ誰にも話せていない。どんなふうに思われるだろう。せっかくきれいだと言ってくれたのに、取り消したくなるかもしれない。

ことりは足指を所在なく擦った。あたたかい記憶とつめたい記憶が交じって、渦の中でかき回されているみたいに身体が重たくなっていく。息をつくと、お茶を淹《い》れようと思って、ことりは立ち上がった。

部屋の外に出ると、屋敷《やしき》はしんと静まり返っていた。

馨は九時前にはだいたい寝てしまうそうで、夕ごはんの時間はいつも早かったし、住み込みで働いているひたきやのの花も九時頃には翌日の朝食の仕込みまで済ませて、部屋に引き上げてしまう。青火はもうすこし遅くまで起きているらしいけど、自室で仕事の後処理をしているようだ。

厨《くりや》の電気をつけて、水を入れた薬缶《やかん》をコンロに置いた。築百五十年だというお屋敷は、昔ながらの厨を一部改装してコンロやシンクを入れている。

連子格子のあいまに揺れる火影が見えて、ことりは茶筒を開ける手を止めた。

「火見さま……？」

馨のそばにいることが多い火見が一羽《わ》でいるのはめずらしい。

どうしたのだろうと思って、一度火を止め、勝手口に置いてあった下駄《げた》を借りて外に出る。裸足《はだし》のまま、浴衣に羽織をかけただけで出てきてしまったので、痺《しび》れるほど寒い。戻ってコートを取ってこようかとも思ったけれど、火見はそのあいだにも、とことこと雪の上を歩いていってしまう。のの花と金天蚕《きんてんこ》にあげる椿の葉を摘んでいたあたりだ。

雪上に落ちた椿を火見はついばんでいるようだった。月が見えない夜闇で、ふわりふわりと羽から火の粉が舞い上がる火見の周りだけがすこし明るい。

そのとき、火見に伸びる女の白い手が見えて、ことりはどきりとした。

「火見さま」

今度ははっきり呼ぶと、女の手が火見の前でぴたりと止まる。

椿の木の影から、若い女性が現れた。歳《とし》は二十歳前後だろうか。暗灰色の着物に藍縞《じま》の羽織をかけ、長い黒髪は後ろでひとつに結んでいる。そして雪の華のようにつめたい美貌をしていた。

「めずらしい。夜の花見に客人とは」

ことりのすがたを認めた女性が口の端を上げてわらう。

離れで働く女性たちの中にこのひとはいなかったし、何より雰囲気が彼女たちとはまるでちがっていた。使われるのではなく、使う側の人間だとすぐにわかる。

「あの、雨羽ことりと申します」

先になまえを明かすと、彼女は冴《さ》え冴《ざ》えとしたひかりを宿す眸《ひとみ》を眇《すが》めた。

「火守雪華《せっか》だ。雷からあなたの話は聞いているよ」

やっぱり、と思っていたとおりの言葉が返り、ことりは身をすくめる。ひと目見て、彼女がもうひとりの当主候補ではないかと思ったのだ。

「なかなか挨拶の時間を作れなくてわるかったな。魔祓いの仕事が立て込んでいたんだ」

「あ、いえ……」

「昼は馨が高校に通っているし。意味などないのに、あれはへんなやつだ」

意味がない、というのはさすがに言い過ぎの気がしたが、ことりは何も言わなかった。

「馨に無理やり連れてこられて、あなたも困っているのではないか？　いやなら、早く断っておいたほうがよいぞ」

「いえ……」

びくびくしつつなんとか口にすると、「ふうん？」と雪華は軽く腕を組んだ。

「なら、ほんとうにあの変わり者に惚《ほ》れてやってきたのか？」

「そっ」

とっさに否定しかけたものの、馨はもともと初音《はつね》と婚約する予定だったのを「ことりに恋に落ち、ことりもその想《おも》いを受け入れた」ことにして婚約者になったのだ、と思い直して口をつぐむ。

ことりの反応にはさほど関心を見せず、雪華は足元で椿をついばむ火見の背を撫《な》でた。あまりひとに寄りつかないという火見は、なぜか雪華にはしたいようにさせている。雪華もことりも灯《あか》りを持っていなかったが、火見が炎《ほのお》をまとっているおかげで、雪華の表情がうっすらわかる程度には明るい。

「――ときに雨羽の姫。雨羽ではふつう、当主はどのようにして決まるのだ？」

脈絡もなく尋ねられ、ことりは瞬きをする。

どうしてそんなことを訊《き》くのだろうと思ったが、口をひらいた。

「雨羽では、当主は血により雨羽本家の男子が継ぎます……。ただ、雨羽の歌姫の力は女子だけに顕《あらわ》れますので、当代一の歌姫は《歌の君》と呼ばれて、当主とは別の権限を持ちます」

「なるほど。歌姫の家らしいな」

納得したようすで雪華はうなずいた。

「火守では、当主は通常、火守の名を継ぐ八つの家の人間のうち、魔祓いの力がもっとも強い者がなる。性別と年齢は問わない。古く、家により継承していた時代もあったらしいが、争いが絶えなくてな。力の強さは、神からの恩寵《おんちょう》の深さだから、理にも適《かな》っている。今の代なら、馨以上の力を持つ者はいない。では、なぜ馨ひとりに絞らずに候補が並び立っているのか。馨はあなたに話したかな？」

「……いえ」

不審に思われるかもしれないが、ことりとしてはそう答えるほかない。

馨は当主を継承する条件が「魔に転じた椿姫を討つこと」だとは言っていたが、当主候補がふたり並び立っている理由までは説明していなかった。ことりのほうも、特にこれまで疑問に思うことはなかったのだが、雪華がわざわざ口にするということは何か事情があるのだろうか。

このひととひとりでずっと話しているのは危険な気がした。ことりは知らないことが多いし、馨が通している話とつじつまが合わなくなるかもしれない。

「あの、わたし――」

「しかし、不可解だな」

辞去しようとすると、雪華が言葉をかぶせた。ひやりとした鋭利な眼差《まなざ》しがことりを射《い》貫《ぬ》く。

「雨羽ことりというのは、失礼ながら聞いたことがない名だ。初音のほうは、幼い頃からあちこちの会で当主に連れられているのを見かけたが、あなたのすがたは見たことがない。確か家族に売り払われた先で馨に出会ったという話だったろう？　なぜ家族からそんな仕打ちを受けていた？」

「わたしの歌姫としての力は、初音に劣りますので……。初音に比べて外に出ることは多くありませんでしたし、雨羽の家は傾きかけていて――売り払われるほうに選ばれたのもしかたがないことかと」

このあたりは青火たちとあらかじめ作っておいた話だ。水鏡《みかがみ》や雨羽の人間はローレライの存在を隠したがっていたから、ことりがそれだとわざわざ吹聴する可能性は低い。

「まあ確かに《めぐりの花嫁》とはいえ、傾いているらしい家から嫁がせるのはどうかという話はあったな。ただ水鏡からは長いあいだ、嫁も婿も迎えていなかったし、ある意味安い買いものか、という話に落ち着いたが」

めぐりの花嫁とは、神祀《まつ》りの家からよその神祀りの家に嫁ぐ花嫁のことをいう。神祀りの血を維持しつつ、一族内の血を濃くしすぎないために、定期的に行われている婚姻で、これには家自体の結びつきとは別の、神祀りの血の保持という価値がつく。ことりと初音の入れ替えが、火守の家中でさほど問題になっていないのは、雨羽との婚姻のいちばんの目的がめぐりの花嫁を迎えることだったからだろう。

「だが、あれに恋に落ちるかわいげがあるとは意外だった。あなたも、言い寄られて応える程度には、馨が気に入ったのだろう？　そのわりには、馨のことをあまり知らないように見えるが」

さっきのやりとりをちくりと刺されて、ことりは肩を揺らした。

雪華は、馨とことりの婚約に疑いを抱いているのだろうか。確かに、この婚約は表で言っているような「恋に落ちて」結んだものではない。すべては椿姫の魔を祓うために馨が企てたことだ。雪華はどこまで馨の思惑にきづいているのだろう。

「……馨さまは、わたしの歌をお気に召したようです。雨羽の娘にとって、それは何にも代えがたい喜びでございますので……」

「ほう？　初音よりも劣るというその歌を？」

「……はい」

「面白い。では、わたくしの前でも歌ってくれないか」

羽織の衿《えり》を押さえ、雪華は流れるような所作で立ち上がった。

すらりと背が高い女性が目の前に立つと、思った以上の威圧感がある。背丈だけではなく、この女性が醸す研ぎ澄まされた雰囲気のせいでもあるのかもしれない。氷のような美貌からはほとんど感情をうかがうことができず、ことりに向けられた眼差しは鋭い。

「馨が惑わされた歌をわたくしも聴きたい」

心臓が早鐘を打つ。歌を歌えば、ことりがローレライであると雪華にも知れてしまう。

でも、火守の当主候補が所望しているというのに、断ることは非礼にあたらないだろうか。

どうしよう、と足元を見つめ、ことりは迷った。

「それはできません……」

軽く眉をひそめた雪華に、きゅっとこぶしを握り締めて続ける。

「どこで歌うかは……その……。『歌姫自身が決めるもの』、ですので」

ことり自身の言葉ではない。子どもの頃、歌姫教育の中で教わった言葉をただなぞっただけだ。そもそも、ことりは歌姫ですらない。しかたないとはいえ、嘘《うそ》をついているようで胸が痛んだ。

「つまり、わたくしの前では歌いたくないと？」

氷刃のような声が返ってきて、びくりと身をすくめる。

「わたしは……馨さまに歌うためにここに参りました、ので……」

馨は封じるだけだったことりの歌声に別の意味を見出《みいだ》して、ここに連れてきた。すこしでも役に立てることがあるならとことりもその手を取った。どちらも恋が契機ではない。

でも、たすけてもらった。

だから、馨以外のひとには歌わない。これはほんとうの気持ちだ。

そこまで考えて、でもちがうのかもしれない、と思った。

歌わないのではなく、歌いたくない――のかもしれない。

「なんとも歌姫らしい、けなげな告白ではないか。――なあ、馨？」

雪華の視線が肩越しに投げられたことにきづき、ことりは睫毛《まつげ》をふるわせた。

椿《つばき》の花をついばんでいた火鳥《かちょう》が頭を起こし、炎の燃え盛る羽を広げた。火の粉を散らしながら火見が一直線に飛んでいった先にいたのは馨だ。

「婚約者を迎えに来たのか？」

「……そうだよ」

「おまえにそういう情緒があるとは思わなかったな。婚約者なんて、リストの『あ』行から適当に選びそうなのに」

「べつに何でもいいだろ。それはそうと、顔を合わせるたび吠《ほ》えてくるあのクソガキをどうにかしろ」

「なぜ？　雷はとても愛くるしいじゃないか」

きょとんとして雪華が言うので、「吠えられるこっちの身にもなれ」と馨は顔をしかめた。

「雷はおまえがきらいだからなあ」

「主人と同じでな」

「ふふっ、そうだね。そして、おまえもわたくしがきらいだろう？」

咽喉を鳴らして、雪華は肩をすくめた。

「じゃあ、あとはおふたりでどうぞ。邪魔者は去るよ」

ひとつに結んだ長い黒髪をひるがえし、雪華は離れとは反対の方向に去っていった。

雪華の影がちいさくなったのを見届けて、はー、と馨が長い息をつく。

「なんでいきなり雪華と会ってるんだ」

「偶然お見かけしたのです。火見さまを追いかけていて……」

「こいつはなぜか雪華には懐いているんだよな」

馨の肩に留まった火鳥は、素知らぬ顔で毛づくろいをしている。「この節操なしめ」と馨が頭を指でぐりぐりすると、羽をふくらませていやいやした。

「起きていらしたのですか？」

「まさか。夜中にたまたま起きたら、火見がいなかったんだ。あと勝手口は開いているし」

話しているうちに、馨はくしゃみをした。「さむい……」とつぶやき、ことりの頬に軽く手の甲をあてる。

「つめた。おまえ、膚《はだ》が氷みたいになってるぞ」

「はい……」

言われてみれば、寒空の下、薄着でずっと話していたのですっかり手足の感覚がなくなっていた。雪華を前にしていたときは緊張のせいで忘れていたが。

離れに戻ってくると、とりあえず湯を沸かし直して、居間で石油ストーブを焚《た》いた。

点火したストーブにふたりで手をかざす。しばらくそうしていると、氷みたいだった手足にじんわり血の気が戻ってきた。馨は長椅子にかけてあった厚手のブランケットを取って、ことりに渡す。

「雪華は何を言っていたんだ？」

「特には……。雨羽の家のことをすこし訊かれたり……」

「ふうん」

ことりにストーブの前を譲り、馨は長椅子のうえにへにゃっと横になった。いつもより三倍くらい動きが遅くて、眠そうである。

「それだけ?」

「……わたしたちの婚約を気にしているようでしたが」

候補がふたり並び立っている話のほうはなんとなく口にできなかった。

茶葉を寝かせていたカモミールティーが頃合いになったので、馨のぶんも淹《い》れて長椅子の横に置く。自分はラグのうえに座り直して、お茶に息を吹きかけた。

「雪華は俺がきらいだし、当主になられたら嫌だから、あれこれ探っているんだろ」

そういえば、以前火守の家について聞いたときも、馨や青火は雪華をもっとも警戒しているようだった。

「なぜ……」

単に当主候補として並び立っているから仲がわるいのかと思っていたが、馨と雪華のやりとりにはそれだけではないものを感じた。もっと根深い何かがあるような……。

「四年前、魔に転じた椿姫はその場で儀式の立ち会いをしていた雪華に襲いかかった」

馨は寝そべったまま、長椅子のひじ掛けに両腕をのせて、口をひらいた。

「それを守って命を落としたのが、雪華の前のそばつきで婚約者だった男だ。ふたりは幼馴染《おさななじみ》で、雪華が十八になったら結婚する予定だった」

ストーブの中の炎がぱちんと弾《はじ》けた。ことりは馨のほうに目を上げる。馨は特段何というわけでもなく、眠そうにしていた。

「まあそういうわけ。俺は椿姫といろいろ似ているらしいから、顔も見たくないというやつ」

でもそれは、馨のせいでは何ひとつない。

（このひとだって、おねえさまをうしなったのに）

同時に腑《ふ》に落ちた。なぜ、椿姫の魔をどうしても祓《はら》わなくてはならないのか。それはたぶん、永遠に魔としてさまようのがかわいそうだから、というやさしい理由だけではない。これ以上、犠牲を出すわけにはいかないのだ。

「そういえば、なんで夜更けに厨《くりや》なんかにいたんだ」

意図的なのか、馨は話を変えた。

「それは夢を……」

「夢？」

「……いえ」

ことりは首を振った。この男の子が抱えているものに比べて、自分のことがあまりにちいさく思えてしまった。夢は夢のあいだはこわくても目を開ければ終わるものだ。でも、馨の現実は今も出口がないまま続いている。

「雨羽ではどう暮らしていた？」

身体《からだ》があたたまるまで待っているのか、馨がまた訊《き》いてきた。

「離れにずっとおりましたが……」

ことりは暗い窓辺に目を向けた。《鳥籠》と呼ばれる離れは、窓の多くが塞がれているせいで昼でも薄暗く、ここよりもずっとさみしいところだった。けれど、ただ暗闇だけがあったわけではない。

「ローレライの亡霊たちがわたしを育ててくれました」

「亡霊？」

「三人おりました。なまえは結局教えてもらえませんでしたが……。ちいさな頃はわたしがこわい夢を見て泣いていると、ベッドにやってきて代わる代わる子守唄を歌ってくれたものです。やさしくてきれいな歌声で、すこしも《みにくく》なんか……」

いつになく饒舌《じょうぜつ》にしゃべっていたことにきづく。ローレライの育て親たちへの懐かしさのせいなのか、あるいは石油ストーブがひとつ燃えているだけの静かな部屋のせいなのかはわからない。

「どんなうた？」

「ええと……」

記憶を頼りに、おぼろげな旋律を口ずさむ。亡霊たちはことりに触れることができない。だから、代わりに歌を歌ってくれたのだと思う。せめて夢の中では心安らかでいられるように。

すこし歌ったところで、ふいに外の空気がざわめきだしたことにきづいた。馨のそばで眠っていた火見が何かを感じ取ったようすで頭を起こす。

はっとして歌を止める。いったい何をしていたのか。

「ご、ごめんなさい」

すぐにやめたせいで、魔が現れることはなかった。

でも、心臓がどきどきといやな音を立てている。ストーブの前にいるのに、手足がつめたくなってくる。ことりはふるえる指先を引き寄せた。

「あの……歌うつもりじゃ……。いやな思いをさせて、ごめんなさい」

「……べつに、そんなことはない」

つぶやく声が聞こえたが、外で雪が落ちる音がしたせいで、聞き返しそびれてしまった。

見れば、居間に置かれた古時計は零時過ぎを指している。「戻るか」と馨が言ったので、ストーブを切ってお茶のカップを片付けた。

身体もおなかもあたたまったはずなのに、目の前がぼんやり暗い。

歌なんか歌ったせいだと思った。声を封じられていたときはこんなことは絶対になかった。こんなふうに軽々しくふつうの子みたいに歌ってしまうなんて。

――ローレライ。

自分が何者かを一秒だって忘れてはいけないのに。

深く俯《うつむ》いて歩いていたので、ことりは急に足を止めた馨の背に額をぶつけた。

「あ」

のろのろと顔を上げると、「わるい。ほどけてるなと思って」と馨がことりの部屋の鴨《かも》居《い》にかけられた薬玉《くすだま》を示す。

出てきたときに閉め忘れたのか、障子が細くひらいたままで、戸口にかけられた薬玉がのぞいていた。馨の言うとおり、球体の下部に結ばれていた常磐色《ときわいろ》の組紐《くみひも》がほどけて、頼りなくぶらさがるだけになっている。

「壊してしまいましたか……？」

ののの花がかけてくれた薬玉までさっきの歌で壊してしまったのだろうか。冷静になればそんなことはないはずなのに、何もかもが不安になって、泣きそうな気持ちでつぶやくと、

「ちがう」と馨はきっぱり言った。

常磐色の組紐が、馨の手で結び直される。それはとても簡単な、真結びといわれる、ことりでも知っている結びかただった。けれど、きゅっと組紐が結び直された瞬間、薬玉の内側に灯《あか》りがともったみたいにことりには見えた。

「――これで悪夢は来ない」

この薬玉は悪夢除《よ》けなのだと、ここに来《き》たとき馨が教えてくれたことを思い出す。おびえて縮こまっていた心にやさしい祈りが射し込んでくる。ことりは組紐の固い結び目に触

れた。

きれいだと思った。こんなにきれいなものがこの世界にはあるのかとなぜか泣きたくなった。

それから、馨の結びかたがすきだと思った。迷いがない。凛《りん》としていて、わるいものを寄せつけない。とても、とてもすきだと思った。

「ありがとう、ございます」

「どういたしまして。……おやすみ」

「おやすみなさいませ」

部屋の前で別れると、ひとり障子を閉める。出てきたときと同じように室内はしんと冷えていたが、胸の中はまだあたたかかった。そのあたたかさがどこにもいかないように、ことりは布団をかけ直すと、身体をちいさく折り畳んで目を瞑《つむ》る。

瞼《まぶた》の裏に薄闇がひろがり、やがて海の波が寄せるように今度は穏やかな眠りが訪れた。

四　梅苑の茶会

「北《きた》の宮《みや》家から観梅会のご招待がありましたよ、若」

その日、ことりがのの花に習《か》ったばかりの結びの練習をしていると、青火《せいか》が馨《かおる》に言った。

築百五十年という離れのお屋敷《やしき》は、昔ながらの趣を残しつつも、ところどころ現代風に手が入れられている。特に居間は凝った硝子《ガラス》の照明具が吊《つ》り下《さ》がり、アンティーク風のラグが敷かれたうえに、椿柄《つばき》が織られた長椅子や丸テーブルが置かれていて、洒脱《しゃだつ》な雰囲気だ。ちなみに馨の趣味ではなく、先代の奥方——雪華《せっか》の母親がこまごま改装をしたらしい。先代と仲睦《むつ》まじかったという雪華の母親は、夫を亡くしたあと心身を壊して、今は療養所にいると聞いた。

馨は魔祓《まばら》いででかけていないときは、夕食後から就寝前の短い時間、居間で高校の宿題をしたり、昼のあいだに青火がまとめておいた資料に目を通したりしている。

ことりが火守《ひもり》の家にやってきて一か月とすこしが経《た》った。季節は二月半ばに差し掛かろうとしている。今日も、青火が作ってくれたカモミールミルクをいただきつつ、夕食後の穏やかな時間を過ごしていると、観梅会の話が出たのだった。

「ご当主の母君の志宇子《しうこ》さまの米寿祝いも兼ねているそうです」

「へー。めでたいことだな」

馨は興味なさそうに言い、ノートに数式を書いた。

北の宮家というのは、この国のもとは帝室にあたる家のひとつだ。——と神祀《まつ》りの家やこの国の成り立ちについての勉強の時間に、ことりは青火から教わった。

百年以上前に帝政は廃止されたため、実権はないが、いまだに財と権力を持ち、政に影響を及ぼしている。

他方、火守、水鏡《みかがみ》、風薙《かぜなぎ》、地早《ちはや》といった神祀りの四家は、さかのぼれば、巫女《みこ》の役目を負い、四神と約した四人の皇女に連なる血筋である。といっても、千五百年以上前の御《お》伽噺《とぎばなし》のような話なので、ほんとうのところは定かではないが、こうした所以《ゆえん》で、帝政の終焉とともに華族制度が廃止されるまで、四家はとくべつな爵位を持つ華族であった。

四家が今もやんごとない家々として扱われるのはこのためで、先祖代々の広大な土地を所有し、「魔祓い」「穢《けが》れの清め」「神託」といった祀る神ごとの家業を継承している。この家業には政府から助成金が払われるほか、支援者たちからの寄附金や、土地自体の収入もあるため、潤沢な資産を持つ家も多い。とはいえ、雨羽《あまね》のように、昔ながらの暮らしを維持するだけの収入もなく、傾きかけている末端の家もあるのが実情だ。

「そろそろ年に一度の魔除けをほどこす時季ですし、ついでに行かれたらいかがですか」

馨が火守で預かっている仕事は魔除けだ。

馨自身は火ノ神の分身が降りた希少な依《よ》り主《ぬし》なので、たびたび魔祓いにでかけているが、魔除けの仕事にも多くの時間を割いている。もちろん、馨自身が出向くことはわずかで、魔除けを張るための組紐づくりや全国の魔除けの管理、各地に居を構えているというほかの火守家への魔除けの割り振りが主な仕事になる。組紐づくりは離れで働く女性たちが、後ろふたつの実務は青火たちが担っているという。

「旧宮家関係の魔除けは、火守の当主が代々行っているんですが、今は雪華さまと若が手分けをしてやっているんです。雨羽の家にも、ほかの者だとは思いますけど、毎年魔除けをほどこしにお邪魔していたと思いますよ」

ことりにもわかるように青火が説明してくれた。

「そういえば志宇子さまは、やたらと俺に孫娘をめあわせたがっていたよな」

「志宇子さまは若がお好きですからね」

「あれは単なる依り主の信奉者だ。俺に興味があるわけじゃない」

「お年を召した方は、特にそうなんですよ。依り主が現人神《あらひとがみ》のように扱われていた時代を経験されているから」

苦笑しつつ、青火は招待状を机に置いた。

今の話の流れだと、馨の見合い相手は北の宮家の姫君まで候補になっていたらしい。伝説上、皇家とつながりがある程度の神祀り四家と比べても、旧宮家の姫君となると格段に位が高い。だが、ことりが出会う前の馨は初音《はつね》のほうと婚約する予定だったから、つまり北の宮家の話はお断りをしたようだ。ふつうなら旧宮家の姫君を選びそうなのに、なぜなのだろう。

「北の宮家にもそれとなく若が雨羽のお嬢さんと婚約したって話を流しておいたんですけど、志宇子さまは理解しておられるかなあ」

「放っておけ放っておけ」

「放っておいてもいいですけど、魔除けには行ってくださいね」

「ええ……」

「じゃあ、雪華さまに代わりに行ってくださいって若からお願いしますか？」

「えぇえ……」

馨はどんどんいやそうな顔になった。

いやなこととさらにいやなことを秤《はかり》にかけるような間があってから、「……わかった」と馨はしぶしぶうなずいた。なぜか青火ではなくことりのほうに目を向ける。

「行くから、おまえも一緒に来い」

ことりは瞬きをした。

「わたしも……ですか？」

「なんだ、いやそうだな」

「お役に立てる自信がありません……」

十年以上、雨羽の離れに幽閉されていたことりは、妹の初音とちがって雨羽の姫として公の場に赴いた経験がほとんどない。礼儀作法やたちふるまいは、ローレライの亡霊たちが代わる代わる教育してくれたけれど、彼女たちはなにぶん、百年前やら数百年前やらの時代を生きた女性たちなので、青火に言わせると、ことりの作法は「全体的にやや古式ゆかしい」そうだ。時代遅れともいう。

　そこでもう一度、馨のもとで働く女性たちに習い直しているところなのだが、大事な会で粗相をしてしまったら大変だ。

「梅を見るだけの会だから、とくべつなことは何もしなくてよい。俺の横にいさえすれば、あとは適当にやる」

「若は志宇子さまに縁談の話を蒸し返されるのが面倒くさいだけなので、ことりさんは隣にいらして、婚約者としてご挨拶するだけでいいんですよ。実際の婚約者が目の前に現れたら、志宇子さまも諦めがつくでしょうし。あとは立食形式の会なので、おいしいごはんでも食べてきてください」

「はい……」

　ことりが肩を落としつつうなずくと、横から馨が言った。

「わかった。じゃあ、終わったら、西鳥街《にしちょうがい》でまた豆乳ドーナツを買ってやろう。おまけしてふたつだ」

「いやいや、若。そんな子どものお駄賃じゃないんだから」

呆《あき》れたふうに青火が言ったが、ことりは睫毛《まつげ》を揺らして馨を見た。

「よいのですか……？」

「ほら、喜んでるじゃないか」

「安すぎやしませんかね……」

ちなみにことりが馨とともに観梅会にでかけることが決まっていちばん喜んだのは、ののの花たち離れで働く女性で、若い主人の婚約者にふさわしい訪問着を洋装から和装まで白熱した議論のすえ用意してくれた。

そこまでしなくても、とことりは思ったが、ののの花が言うには、「クラシカルなドレス路線にするか、伝統的な訪問着に春らしい遊び心を利かせるか」であるとか、「髪飾りが淡い梅色のレースのリボンか、梅花をかたどった硝子細工の簪《かんざし》か」は非常に重要な、総員で議論すべき事項であって、今後の離れの女性たちの仕事のモチベーションにも関わるので、ぜひことりにも協力をお願いしたいとのことだった。

それほど大事なことなら……とことりも思い直し、気が遠くなる回数の衣装合わせをした。

「着飾らせたい欲がたまっていたんですねー」と青火はひとごとのように言っていた。

「やっぱり若いお嬢さまだと飾り甲斐《がい》がちがいます！」

度重なる衣装合わせを経て、のの花たちが選んだのは、紅梅に鶯が描かれた薄紅の訪問着に、雪輪紋の帯を合わせたものだ。帯留めには、椿を模した彫金細工を選ぶ。あえて椿を入れたのは、火守の家紋が椿であり、椿屋敷《つばきやしき》と謳《うた》われるほど見事な椿の庭を持っているからだろう。髪は後ろで編み込んで、化粧も軽くしてもらう。最後に大判のショールをかけて完成である。

「とってもお似合いかと……！」

「久々によい仕事をしたー！」

きゃあきゃあと周りの女性たちからにぎやかな歓声が上がる。

慣れないことをしているせいで、ことりは落ち着かない。手持無沙汰になってショールを引き寄せていると、「若君、若君」とのの花が馨を呼びにいった。

「ことりさんがとってもかわいいです！　我らの渾身《こんしん》のできばえです！」

「へえ、どれどれ」

廊下から足音が聞こえたので、ことりは思わず帯に挿していた扇子をひらいて顔を隠した。なぜかわからないが、ここから逃げ出したいような気持ちに駆られたのである。いきなり顔を隠したことりを見て、周りの女性たちは「まあまあ……」「初々しい」とほのぼのとわらいあっている。

「へーえ」

頭上に視線を感じたので、扇子をすすす、と動かす。端をつかまれた。しばし無言の抵抗をしたが、目が合ってしまった。見られていると思うと、頬に熱が集まってくる。

「すごーく内気な婚約者どのだな？　ほら顔を見せろ」

「馨さまはなぜ楽しそうなのでしょう……」

「そんなふうに隠そうとするからだ」

ことりが扇子を離さないでいると、軽くわらって、手を差し伸べられた。

馨のほうは、鉄紺の御召《おめし》に仕事のときによく着ている一つ紋付きの黒地の羽織《はおり》をかけている。ことりよりだいぶシンプルだが、目を惹《ひ》くひとなので、地味というかんじではない。

「さ、でかけるぞ」

「はい」

差し出された手にそっと手をのせる。

「いってらっしゃいませ！」と後ろからのの花たちがにこにこと見送った。

北の宮邸は、火見野《ひみの》の街から車で一時間ほどの郊外にあった。

夏は避暑地として使われることも多い場所らしい。この季節は雪化粧した山間がうつくしいその場所に、北の宮家は邸宅を構えていた。

「香りが……」

車を降りるや、澄んだ梅の香りが風にのって運ばれてくる。断続的に降る雪は今は上がっていた。屋敷《やしき》の門をくぐると、見事な梅の古木が現れる。火見野で梅が見頃になるのはもうすこしあとのようだが、北の宮家は早咲きの梅で有名らしい。

「ようこそいらっしゃいました、火守さま」

黒の三《み》つ揃《ぞろ》いを着た初老の紳士が出迎えて挨拶する。

茶会はすでにはじまっているらしく、花がほころんだ梅苑《ばいえん》に百を超えるひとが集まっていた。北の宮邸はモダンな煉瓦《れんが》造りの二階建ての洋館で、庭の一部には西洋式の作庭も取り入れられている。正面の庭に立食用のテーブルが並べられ、毛氈《もうせん》が敷かれた舞台では、雅やかな楽が奏でられていた。

北の宮家当主の母君――志宇子は、音楽や絵画をはじめとした芸術に造詣が深いことでも知られているという。上品にまとめた白髪に梅花の平打ち簪を挿し、灰梅の色無地に楽器紋の帯を締めて、庭に出された椅子に座っている。

箏《そう》の音に耳を傾けていた志宇子は、馨のすがたに目を留めるや、「まあ」と眦《まなじり》を染めた。御歳《おんとし》八十八になる女性だが、まるで少女のように表情が華やぐ。

「いらしてくださったのですね」

「志宇子さま。お招きいただきありがとうございます」

言葉を返す馨を見つめ、志宇子はふいに涙ぐみ、はらはらと落涙した。

「うつくしい……」

(泣いておられる……)

ことりの動揺をよそに、志宇子は濡《ぬ》れた目元にハンカチをあてている。

まさか馨のうつくしさに感極まって落涙したということなのだろうか。そこまで……と
ことりは顔にこそ出さないものの、呆気《あっけ》にとられた。慣れているのか、馨の反応は薄い。

「火ノ神の依《よ》り主《ぬし》さま。どうか触れても?」

馨は面倒そうな顔をした。

だが、貴人相手に拒むことはしなかったので、志宇子は跪《ひざまず》いて馨の手を捧《ささ》げ持つ。

「御身は神の威光を示す瑞兆《ずいちょう》のあかし……」

陶然とつぶやく志宇子を馨は冷めた目で見ていた。


「──な?　あれが義祖母なんて、縁談は御免だって気持ちになるだろ」

魔除《まよ》けをほどこすために一度庭から出ると、持ってきた深紅の組紐《くみひも》を引きながら馨が言った。北の宮邸の魔除けは、四方の古木に組紐をかけて結んでいるらしい。太い幹に組紐を回すのを手伝いながら、ことりは馨の横顔を仰いだ。

「馨さまを信奉されているようでした」

「ああいう輩《やから》はときどきいるんだよ。依り主は神を降ろしているから。今も家によってはあるらしいぞ。社に神像よろしく祀《まつ》られている依り主とか。火守でも、俺の前の依り主はそんなかんじだったらしいし」

確かに火見《ひみ》が見えないひとたちにとっては、依り主である馨を通して神さまに触れる気持ちになるのかもしれない。ことりからすれば、志宇子が馨の手を捧げ持っている最中、火見がテーブルに並んだオードブルをついばんでいるのが見えたので、火見さまは今そこにいらっしゃいません……という気持ちになってしまったが。

「まあ、北の宮家の場合は、当主が神祀り四家とは距離を置きたいタイプだったから、志宇子さまが画策した縁談は流れたんだけど」

古い組紐を新しいものにかけかえ終えると、馨は複雑な結びかたをした。のの花が髪飾りにしている梅結びに似ていたが、その下に網目を作っている。籠の目にして魔を捕らえるという意味があるそうだ。志宇子に対して思うところはあるようだが、仕事自体はきちんとやっている。

確かに馨はそこにいるだけでひとの目を惹くうつくしい男の子だ。でもそれは、火見が降りているからだけではない気がする。

さっき、志宇子と挨拶をしていたときも気になった。「依り主さま」という志宇子の言いかたが、馨をひと扱いしていないように思えたのかもしれない。

「……おいやでしたか」

「ん？」

「触れられるの……」

手元に目を落とし、ことりは消え入りそうな声で口にした。

「……もやもや、しましたので」

ほんとうは、もやもやよりももっと切実な気持ちが込み上げたが、たとえる言葉がすぐに見つからなかった。どうして馨のことで、自分の胸が波立つのかもよくわからない。この男の子はいつも自信にあふれていて、ことりが心配したり、守ってあげたりしなければならないようなひとではない。

へんなことを言っただろうかとおそるおそる馨をうかがうと、思いのほか凪《な》いだ眼差《まなざ》しが返った。

「ふふ、お気遣いどうも。心やさしい婚約者どのだな」

まじめに言ったのに、なんだか流されてしまった気がする。

すこし落ち込んでいると、「そういえば、おまえの誕生日はいつなんだ？」と別の古木にまた新しい組紐をかけ直しながら、馨が訊《き》いてきた。この観梅会は北の宮志宇子の米寿祝いを兼ねている。だから思い出したのだろうか。

「先月です」

古い組紐を巻き取りながら、ことりは答えた。

ことりの誕生日は、贄《にえ》の間《ま》に送られた日だ。この男の子に出会った日でもあるが。

「ふうん」

それ以上の説明はしないでいると、馨は幹に組紐を結びつつつぶやいた。

「なら、次は一年先だな」

何気なく口にされた言葉に、ことりは瞬きをする。

一年先も、ことりはこの男の子のそばにいるのだろうか。

それはふつうならごく自然に考えそうで、ことりにはまるで考えられない想像だった。

はじめに条件を提示した際、椿姫《つばき》の魔を呼び寄せたあと、婚約を解消するかはことりに任せるようなことを馨は言っていたけど、それでもなんとなく、すべてが終わったら婚約者役もおしまいになる気がしていた。そして、それは馨と青火が見立てた日取りのとおりなら来月——四年前に火守の当主継承の儀式が行われた春分の日だ。

(この先もずっと、わたしは火守の家にいられるのだろうか)

胸に春風が吹き抜けるようなあたたかな気持ちが広がる。

同時にこわくなった。安心したあと、もしもう要らないと放り出されたら、きっと心が潰れそうになってしまうから。だから、できるだけ深く考えないように自分を律した。自分のような者が何かを望もうとしてはいけない。

東西南北の古木に魔除けをかけ直すと、ことりは目の前にそびえる白梅を仰いだ。雪のように白く清らかな花が満開になっている。しな垂れた梅の枝に顔を近づけ、澄んだ香りに目を細めていると、「梅がすきなのか」と馨が尋ねた。

「花はどれもきらいではありませんが……梅は特に香りがすきです」

「北の宮家の梅は、樹齢数百年になる古木ばかりだからな。さすがに立派だ」

しみじみと仰いだそばから、馨は近くにあった白梅の枝を手折った。もともと折れかけていた枝だが、いちおう北の宮家の所有物だ。

「……勝手に持ち去ってよいのですか？」

「ばれなければよいだろ。俺にぺたぺた触った代金にもらっとこう」

馨は折った枝をことりの髪に簪《かんざし》のように挿した。

「髪飾りにはこちらのほうが似合うな」

馨の指先が軽く髪を整える。それがふしぎと心地よくて、ことりは目を伏せた。

馨は志宇子に魔除けのかけ直しが終わったことを報告しにいった。

好きにしていてよいぞ、と言われたので、ことりはテラスを所在なく歩く。立食テーブルが出された庭ではそこかしこにひとが集まって談笑をしている。ことりに彼らの輪に入るだけの勇気はなかったので、テラスの手すりに手を置き、満開の紅梅と白梅を見渡した。観梅会を催すだけあって、枝ぶりも花つきも見事なものだ。

(でも、この枝がいちばんきれい)

髪に挿されていた枝を取って、ことりはそれを空に透かした。白い花びらがひかりにふちどられて、ほのかに輝いて見える。宝物のように枝を胸に引き寄せていると、背後から高い足音がした。

はじめ、ことりは馨かと思った。

ほっとして振り返り、みるまに表情を凍りつかせる。

雪を思わせるクラシカルな純白のドレス。パールやレースのリボンを編み込んだ色素の薄い髪。菫色《すみれいろ》の眸《ひとみ》は春らんまんのひかりを宿し、口元は淡く色づいている。

まるで春そのもののような――女の子。

「はつ、ね……」

思わずつぶやくと、初音は驚いたふうに眉を上げた。

「ねえさま……？」

春の妖精を思わせるかんばせにすぐに喜色が広がる。

「ねえさまでしょう。生きていたのね！」

何のわだかまりもなく駆け寄ってきた妹に、ことりはすこし驚いた。

「どうして、あなたがここにいるの……？」

「その声」

質問には答えず、初音は菫色の眸を細めた。

「火守の若君に封印を解いてもらったという話はほんとうだったんだ？」

「それは……」

「ああ、わたしがここにいるのはね、志宇子さまの観梅会には、毎年雨羽から水鏡の名代で歌姫が遣わされるからなの。志宇子さまのために歌を披露するのよ。わたしがお呼ばれするのももう五回目かしら」

テラスのテーブルに出ていたノンアルコールカクテルを初音はふたつ取った。カクテルグラスには、淡いピンクの液体が湛《たた》えられている。どうぞ、とひとつを差し出され、ことりはおずおずグラスを受け取った。

「まずは婚約おめでとう？」

初音はグラスを持ち上げ、ことりのグラスのふちにかちんと合わせた。表情を失って立ちすくむことりをよそに、中のものを飲み干す。

初音が今何を考えているのかわからなかった。

もともと、馨と婚約する予定だったのは初音だ。それを、馨は雨羽の主家である水鏡家に働きかけて、ことりに婚約者をすげかえた。贄の間の一件もあるため、雨羽家が表立って抗議をすることはないだろうが、父親と初音は内心どう思ったのだろう。

「ねえさまが火守の若君と懇意になっていたなんて知らなかった。それならそうと、言ってくれればよかったのに」

ことりが馨と知り合う機会が贄の間以外になかったのは初音にもわかりきったことだろう。だって、ことりは雨羽の離れから十一年間出たことがなかったのだから。

何かを言おうとしたけれど、咽喉に石が詰められたみたいに言葉は出てこなかった。ことりはカクテルグラスを握ったまま深く俯《うつむ》く。

「何も言わないの？」

ふしぎそうに訊かれても、やっぱり声が出せない。

ことりはグラスの水面に映った自分の顔を見つめた。初音と同じ顔の少女がおびえた目をして見返してくる。

——ごめんなさい、初音。ごめんなさい、とうさま。贄の間でちゃんと死ななくてごめんなさい。ずっと生かしてもらったのに、お金にならない娘でごめんなさい。ローレライなんか生きていてもなんの意味もないのに……。

最近聞こえなくなっていた暗くてつめたい言葉たちが、自分の内側から無数のあぶくのように湧き上がる。衝動的にここから逃げてしまいたくなった。どこに逃げても何も変わらないのに。

「ねえさま、聞こえてる？」

かろうじてその場にとどまっているだけのことりに初音がちかづく。ことりが手にしていたグラスを取り上げると、初音はそれをおもむろにひっくり返した。淡いピンクの液体がことりに降りかかり、帯下から膝にかけて染みをつくる。間近で目が合った。初音は春の薄闇のような無表情でことりを見つめている。

「ごめんなさい。手元がくるったわ」

「…………」

「怒った？」

ことりは首を横に振って、ハンカチがしまってある小物入れをひらいた。だが、初音に腕をつかまれ止められる。代わりに自分のハンカチをバッグから取り出しながら、「ねえ」と初音はことりの耳元に唇を寄せた。

「もしねえさまがローレライだって……魔を呼び寄せる歌声の持ち主だって、ここでわたしが皆に言ったら――」

梅苑《ばいえん》でのどかに談笑する貴人たちに目を向け、初音はくすりとわらう。

「どうなると思う？」

「どうして……」

心臓がどくどくと早鐘を打つ。十一年前、神祀《まつ》りの家の交流会で大蛇を呼び寄せた惨劇がよみがえり、背筋が凍りついた。

「どうして、そんなことをするの……？」

「いやだ、冗談よ。本気にしないで」

初音はすぐにわらい飛ばしたが、ことりは表情をこわばらせたままだ。

「火守の次のご当主の奥方になられる方に、そんないじわるなんてしないわ」

「……初音」

「ただ、ねえさまが何もかも忘れてそうだったから、からかっただけ。──ロ、ー、レ、ラ、イ」

身体《からだ》がちいさくふるえる。その呼び名を耳にするのは久しぶりだった。呼ばれただけで、自分が呪わしい存在に戻ったみたいで息が苦しくなってくる。

「あなたのなまえ、忘れないでね？」

わたしは──十一年前にこの声で大蛇の魔を呼び寄せた。

自分を守ろうとした女の子にも大怪我《けが》をさせてしまった。彼女はその傷がもとで亡くなったと聞いている。わたしは……わたしは……。

（つばきちゃんを死なせたのに……かあさまだってわたしのせいで死んだようなものなのに……）

水底に沈められたみたいに呼吸がどんどん浅くなる。うまく空気を取り込めなくなり、ことりはせわしなく胸を上下させた。

（どうしてわたしだけ……わたしだけが、まだ……）

そのとき、もふっと頭にあたたかな塊がのった。

初音がぽかんと面食らった顔をする。神祀りの血を引く初音の目には、ことりの頭にのしかかった火鳥《かちょう》が見えているはずだ。

「おい、そこの。うちの婚約者に何の用だ」

志宇子に報告を終えた馨が戻ってきたようだ。

「もしかして……」とつぶやき、初音はすぐに表情を切り替えた。

クラシカルな純白のドレスをひるがえして、馨のほうへ進み出る。裾をふちどる光沢のあるチュールや、髪を飾るパールとリボンの髪飾りが揺れて、星が瞬いているみたいだった。

「はじめまして、元婚約者さま。今は姉がお世話になっています」

「ああ、『あ』行の元婚約者どのか」

「雨羽初音よ」

いささか不満そうに初音は言い返した。

「来ていたのか」

「ええ、まさかこんなところでお会いできるなんて思わなかったけれど」

馨の目がことりに向かう。いったいどういう状況だ、とその目が訊《き》いていたが、すぐには答えられなかった。

「——初音さん」

そこへ志宇子づきの老執事が現れた。

三人のようすに軽く眉をひそめたものの、かまわず続ける。

「そろそろ歌のお時間です。皆さん、お待ちかねですよ」

「ああ、ごめんなさい。すぐに行きます」

ドレスをひるがえした初音は、ふと何かを思いついたようすでことりを振り返った。その口元に春の妖精めいた笑みがのる。いやな予感がした。

「ねえ、執事さん。今日はわたしの姉も、火守の若君の婚約者として来ているの。姉も雨羽の歌姫よ。しかも、火守の若君が見初めるほどの……。どう？　志宇子さまも、聴いてみたいと思うのではないかしら？」

「初音……！」

何を言っているのだろうと、ことりは声を上げる。

ことりはローレライだ。歌えば、魔を呼び寄せる。初音のする余興とはわけがちがう。

「それはすてきですね。ぜひ伺ってまいりましょう」

だが、ことりの素性を知らない執事は、初音の姉ならさぞすばらしい歌姫だろうと考えたようだ。止めたいが、自分がローレライだと明かすこともできず、初音の提案が志宇子に伝わってしまう。

　ことりがいるテラスからは志宇子の横顔しか見えなかったけれど、老執事が耳打ちするや、ぱっと表情が華やぎ、うなずいた。ことりは雨羽の娘のうえ、志宇子が執心していた馨の婚約者だ。聴きたいと思わないわけがない。

「ぜひお聴かせください、と志宇子さまも仰《おっしゃ》っています」

はい、とも、喜んで、とも言えず、ことりはただ蒼白《そうはく》になって俯いた。

庭にしつらえられた舞台に向かう初音がこちらに視線だけを送る。いつもの微笑を浮かべていたが、ことりを見つめる眼差《まなざ》しは暗い。歌えるものなら歌ってみろと言っているかのようだ。

「なんだあれは。よくわからないけど、面倒そうなやつだな」

率直すぎる感想を言い、馨はことりに目を移した。

「ことり？」

眼前で手を振られ、びくっと肩を揺らす。はずみに手にしていたハンカチが足元に落ちた。馨はかがんでそれを拾うと、濡《ぬ》れたことりの着物にもきづいたようすで、「いきなり盛大に汚したな……」とつぶやく。

「あいつに何か引っ掛けられた？　小学生の喧嘩《けんか》かよ」

「申し訳ございません……」

べつに怒られたわけではないのに萎縮してしまう。

「あの……ごめんなさい……。大事なお着物なのに……ごめんなさい……」

「何回言ってるんだ？　あと俺に謝る話でもないだろう」

呆《あき》れたふうに言い、馨は拾ったハンカチをことりの着物にあてた。染みをつくった箇所を挟んで、とんとんと軽く叩《たた》く。

「心配しなくてよいぞ」

ずっと俯いていることりに何を思ったのか、馨はすこしだけ語調をやわらげた。

「弱い魔なら、さっき張り直したばかりの魔除《まよ》けが発動して勝手に弾く。万一でかいのが来ても、庭に入り込む前に火見が撃ち落とす。なんの問題もないし、好きに歌えばよい」

「はい……」

ぎこちなくうなずいたが、声は消え入りそうだった。

舞台に上がった初音が祈るように胸の前で両手を組み合わせる。

満開の梅の花が風にそよいでいる。夕暮れどきの茜色《あかねいろ》から群青に移ろいはじめた空に、ひっそりと宵の明星がのぼっていた。

長い睫毛《まつげ》を伏せ、初音は歌いはじめた。

魔障《ましょう》の治療のときに歌う《歌姫の歌》とは異なる、歌詞がついていない、歌声だけで構成されたものだ。歌姫は龍神に捧《ささ》げる歌にしか歌詞をつけないので、外で歌を披露するときはこういった歌詞なしの歌を歌う。

季節を謳歌《おうか》する、伸びやかな歌声が梅苑に響き渡る。砂糖菓子のように甘い初音の歌声は、春がいちばんよく似合う。志宇子がまぶしそうに目を細めて聴き入っている。百を超える招待客が、歌声に誘われて初音の周りに集いはじめる。

――わたしはこんなふうにはできない。

初音のようには歌えない。のびのびと春を謳歌するように歌うことなんかできない。こんな――呪われた声。

見ていられなくなって、ことりは目を伏せた。

かつてことりが魔を呼び寄せた交流会が行われていたのも、この場所に似た広い庭園を持つホテルだった。

はじめはよかったのだ。つばきのとなりで乞われるまま、好きに歌っていたときは。なのに、途中から空に暗雲が垂れ込めて、鉄錆《てつさび》めいたにおいの瘴気《しょうき》が漂いはじめた。となりでことりの歌を聴いていたつばきがはっと何かにきづいたようすで顔を上げる。その足元に大蛇の影が落ちる。

「……り。ことり」

呼ばれる声で、ことりは我に返った。

きづけば、初音の歌は終わっていた。招待客が惜しみない拍手を送っている。

「おい、平気か？」

「あ……はい」

馨が気遣わしげにするのはめずらしいので、よっぽどおかしな顔をしているのだろうか。

ことりはだいたいぼんやりした無表情だから、ちがいなんて誰にもわからない気がするが。

「わたしが歌う番……ですよね」

馨の言うとおり、仮に魔が集まっても、魔除けが発動するか、ちかづく前に馨がぜんぶ祓《はら》ってくれる。何も不安に思うことはない。それに、志宇子は馨の婚約者であることりに歌を頼んだのだ。歌わなかったら場が白けて、きっと馨にも迷惑をかけてしまう。

（でも……）

一歩進むごとに足元がぐにゃぐにゃ曲がって、十一年前の交流会の光景にすり替わる。

鉄錆めいたにおいの魔の瘴気が漂いだす。――ちがう。今はまだ何もにおいなんかしていない。

（蛇が）

（蛇の魔が）

それで、つばきちゃんがわたしを庇《かば》うように飛び出して――。

「ことり」

後ろから腕を引かれ、ことりは瞬きをした。まぼろしの瘴気が消える。

馨は注意深く探るようにことりを見た。

「いやなのか」

短く簡潔な投げかけだった。

「ここで歌うのがいや？」

「そ――」

そのとき、空気にぴりっと緊張が走り、ことりは肩を撥《は》ね上げた。

「今、魔除けが発動したな」

馨の視線を追って、西の一角を仰ぐと、魔除けがかけられているはずの梅の古木が黒く燃え上がっていた。といっても、現実に燃え上がっているわけではないので、志宇子たちはきづいていないようだ。ことりたちを除いては、唯一初音だけが厳しい面持ちで、煙がたなびく方向を見つめている。

「……中に入りこんだのですか？」

「いや、いったん撥ね返した。ただ、滅してもいないな……。あたりをうろつかれるのも面倒だから、祓っておくか」

火見、と馨が呼ぶと、空にした皿のうえで休んでいた火鳥がぱっと羽を広げて馨の腕に戻った。

（このひとは）

煙の上がった方角を見据える馨の横顔をうかがい、ことりはきづいた。

（わたしに歌えとは言わないのだ……）

思えば、椿姫のこと以外で、馨がことりにあれをしろとかこれをしろと言ったことはない。馨はいつも自分が決めたことを自分で為《な》し、ことりにおまえはどうしたいのかと意思を問う。

（遠い……）

ふいに胸にせつなさのようなものがよぎった。

――ここで歌うのがいや？

いやじゃない。

……ちがう。ほんとうはこわい。とてもこわい。

でも、いやじゃない、と言える自分になりたい。自分で自分のことを決められるようになりたい。目の前のたったひとつのことだけでもいい。

「呼びましょうか……？」

ふるえる指先を握り込み、ことりは顔を上げた。

「わたしが、呼びましょうか」

すばやく動く魔だったら、捕まえるだけでも骨が折れるだろう。ことりが魔を呼び寄せれば、馨はちかづいた魔を招待客にはきづかれずに祓うだけで済む。

「さっきまでイヤイヤしていたくせに」

馨はなんだか不満そうにつぶやいた。

「イヤイヤは、してないです」

「ふうん？」

すこしためらったあと、ことりは口をひらいた。

「……ひとの多い場所で歌うのが、おそろしいのです」

「祓うと言っただろう？」

ふしぎがるような切り返しに、思わず苦い笑みがこぼれた。この国で、魔を恐れないのは馨くらいのものだろう。

「わたしが呼び寄せた魔は、必ずすべて祓ってくださいますか？」

「だから、そう言った」

ことりの胸のうちに、先ほどまで横たわっていた心細さとはちがうものが広がっていく。身体《からだ》の中心に、魔除けの組紐《くみひも》がきゅっと結ばれたみたいだった。それはことりの心に巣食うわるいものからも、ことりを守ってくれる。

「はい」

今度はしっかりうなずき、ことりは肩から取り去ったショールを空いた椅子の背にかけると、舞台に向かった。馨もおそらく魔を祓うためだろう、その場を離れた。

初音と入れ替わりで舞台にひとりで立っても、気持ちは凪《な》いでいた。ひとはたくさんいるけれど、ここは十一年前の交流会の会場ではないし、あのときにはいなかった馨と火見がいる。そのことが、魔除けのようにことりの心を守っている。

「――歌います」

まぼろしの瘴気の代わりに、あたりには澄んだ梅の香りがあふれている。

時折吹く花びらまじりの風が、ことりの髪や着物の裾を揺らした。

歴代の雨羽の歌姫たちが遺《のこ》した歌なら、歌えなくてもどれも知っていた。ずっと雨羽の離れで、ローレライの亡霊たちに見守られながら、今にも朽ちそうな古い歌譜を書き写す仕事をしていたことりだ。一枚書き写すたびに、歌はことりの中でも奏でられていた。練習はしたことがなかったけれど、記憶をたどれば、一度響いた旋律は雪解け水のように流れだす。

伏せていた目を上げ、ことりは口をひらいた。

華奢《きゃしゃ》な少女から紡ぎ出される歌声は、まるで玻璃《はり》でつくった鈴の音のようだ。

二階のバルコニーに出た馨は、「なんだ歌えてるじゃないか」とつぶやいた。

舞台に上がる前は、まるでこれからギロチンにかけられる罪人みたいに真っ青になってふるえていた。はじめは見守っていたけど、いっこうにふるえはやまず、最後はあきらめたようにとぼとぼ舞台に向かおうとするので、つい止めてしまった。放っておけなかったのだ。

ことりは先ほどまでのようすが嘘《うそ》のように凪いだ眼差《まなざ》しで歌っている。歌詞はついていないが、ふしぎと胸に染み込む、泡雪のような調べだ。

初音の天真爛漫《てんしんらんまん》な、春を謳歌する歌声とはまるでちがう。技術や声量だって、ずっと修練を積んできた初音と比べてしまうと、きっと大きな差があるのだろう。

それなのに、どうしてか目をそらせなくなる。心地よさげに目を細めている火見の首を撫《な》で、馨はバルコニーの手すりに腕をのせた。

庭の隅から舞台を見つめていた初音がみるみる頬を赤らめ、俯《うつむ》いた。それでも、しばらくその場にとどまっていたが、やがて黙って離れていく。泣きだしそうな顔をしていた。

「あれも、だいぶこじらせてるな……」

――ローレライ。魔を呼び寄せる声。

だが、もともとのローレライ伝説は、人間を惑わせて川底に引きずり込む歌声を持つ魔女の話である。それに似ていて、彼女の歌声は、魔も神もひとも皆等しく魅了してしまう。もしローレライではなかったら、あの娘はどんな歌姫になっていたのだろうか。

そこまで考えて、ふと馨は手すりのうえでまどろんでいるようすの火鳥《かちょう》を振り返った。火見ははじめから何やらことりに懐いていたが。

神は総じて歌や舞を好む。神事でよく歌舞が演じられるのはこのためである。

反対に魔はふつう歌も舞も好まない。歌を聴く耳も、舞を見る目もないといわれている。

では、なぜローレライたちは魔を呼び寄せられるのだろう。

（魔にも聴こえるところが特殊なのか……？）

そのとき、黒煙を上げていた西の結界の一角に、ふわりと十二単《じゅうにひとえ》の女人のすがたの魔が現れた。そっくり同じすがたのものがさらに三体。魔特有の瘴気には、微《かす》かに梅の香りが混ざっている。

「火見」

軽く背を押すと、宵初めの空に向かって、火の粉を鱗粉《りんぷん》のように散らしながら火鳥が舞い上がる。空に閃光《せんこう》が走り、直後、女人の身体が炎に包まれる。細い悲鳴が上がり、ぱっと梅の花びらのように灰が散った。

ひとつを祓うと、火見は空を縦横無尽に翔《かけ》めぐり、次々魔を滅していく。

灰に転じた魔が四方に飛び散った瞬間、ぐわんと足元が波打つように揺らいだ。

実際には何も起こっていない。ただ神さまが急激に馨の力を吸い上げていったから、そう感じただけだ。突然、重い貧血に襲われたみたいに、目の前がぐらぐらしてくる。

（あと一体）

（歌声にか？）

空を見据えながら、倒れないように手すりをつかんだ。

依《よ》り主《ぬし》が現人神《あらひとがみ》というのはとてもおめでたい解釈で、その実、神祀《まつ》りの家々で数十年から百年おきに神から勝手に選ばれる贄《にえ》に過ぎない。この贄は、生きながら死なない程度に命を喰《く》われ続けるので、やがて力尽きるまで役目から解放されることはない。馨がこの神さまに選ばれてしまったのは、十三歳のときのことだ。

梅の古木のうえで、四体目が撃ち落とされて霧散した。

「……ご苦労さま」

戻ってきた火見を腕に留まらせていると、眼下ではことりが歌を終えていた。

しん、と静まり返ったあと、馨が大きく三回手を叩《たた》いてやると、我に返った招待客が割れんばかりの拍手をはじめた。

ひとに囲まれて、口々に賛辞を向けられていた少女がふとこちらを仰ぐ。

バルコニーから何気なく見ていたので、目が合ってしまった。

菫色《すみれいろ》の眸《ひとみ》を瞬《しばたた》かせた少女の口元に、花がほころぶような微かな笑みがのった。視界に花が咲く。まばゆげに目を細め、でもすごく疲れてしまったので、馨は手すりから離れて床に座り込んだ。

「つっかれた……。無理」

肩に飛び移った火見が案じるように嘴《くちばし》で馨の前髪を引っ張る。

心配するなら、はじめから力の吸い上げかたを手加減してもらえないものだろうか。

文句を言いたかったが、抗《あらが》いがたい眠気が怒涛《どとう》のごとく押し寄せてきた。

＊……＊……＊

北の宮邸を出て、青火が迎えにきた車に乗ると、馨はすぐに寝落ちしてしまった。

あいにく今日の車はキャンピングカーではない。ことりが車内に置いてあったブランケットをひらいて馨の身体にかけると、馨はことりの肩に、こてん、と寄りかかってきた。

ちょうど凸凹が合ったのか、そのまま寝入ってしまったので、ことりは青火にわらいながら労《いた》わられた。

ただ、ことりも歌い疲れてはいたらしい。車の緩やかな振動に身をゆだねているうちに瞼《まぶた》が下りて、馨に身を寄せるようにして眠ってしまった。


その夜、ことりがぬるま湯で絞ったタオルで、着物にかけられたカクテルの染み抜きをしていると、「ことりさん、いらっしゃいますか」と青火が襖《ふすま》の外から声をかけた。

はい、とうなずくと、「失礼しまーす」と青火が襖を開ける。

「これ洗剤です。染み抜きなら、のの花さんたちに任せてもよいと思いますけど」

「大丈夫です。ありがとうございます」

　壁掛け時計は午後十時過ぎを指している。洗剤ボトルを渡す青火のもう片方の手に、煎じ薬をのせたお盆が見えて、「馨さまですか？」とことりは尋ねた。

「あー、またダウンしちゃったんですよね。よくあることなので、ご心配なく」

　青火は机にお盆を置き、「どうでしたか、観梅会」とことりにもマグカップを渡してくれる。こちらは煎じ薬ではなく、ハーブティーのようだ。小ぶりのカップに入った蜂蜜が添えてある。

「おふたりとも、帰りの車でそろって眠っていらしたから。お疲れだったのかなって」

「わたしはさほどは……。ただ……」

　ことりは着物の染み抜き作業を一度やめて、受け取ったマグカップに目を落とした。

「北の宮家のお屋敷《やしき》で、妹に会ったんです」

「ええっ、じゃあ初音さまもいらしてたんですか？　いやな偶然ですね」

　青火の物言いがあっけらかんとしているので、ことりは眉尻を下げて苦笑した。

「それで、皆の前でわたしも歌うことになってしまって……。でも、馨さまと火見さまがいらしたから、終わりまで歌えました」

「ああ、だからか。待機していた車内から、魔祓いをされているなあとは思っていたんですよ」

「はい。でも、そのせいで馨さまを疲れさせてしまいました……」

「それは若が自分で決めてしたことだから、ことりさんが申し訳なく思う必要はないですよ」

肩を落としたままうなずき、ことりはマグカップを引き寄せる。口をつけると、リンデンの甘い香りがした。子どもを寝つかせるときにも使うハーブらしい。馨さまと椿姫さまにもよく淹《い》れたなあ、と青火は懐かしそうに言った。言葉の奥に深い親愛の情が垣間見《かいまみ》えて、ことりは目を細める。

「あの……馨さまと椿姫さまは、どんなご姉弟でしたか」

「うーん、仲は良かったですよ。ふたりきりのご家族でしたから」

瞬きをしたことりに、青火は説明を足した。

「わたしがおふたりに出会ったのは、馨さまが八歳で、椿姫さまが十一歳のときなので、その前のことは聞いた話でしかないんですが……。母君は馨さまを生んだあとすぐ亡くなられ、父君も馨さまが七歳のときに不慮の事故で亡くなられたそうです。そのあとは二ノ家の……ええと、雷《らい》さまのおうちが後見人になって、暮らしていたかんじですね。一時期一緒に暮らしていたから、ますます仲がわるいんですよね、馨さまと雷さま……。椿姫さまは、幼少の頃から魔祓いの才がずば抜けてあって、だからというか、傍若無人なおひいさまで、馨さまも結構傍若無人ですけど、椿姫さまよりは多少落ち着いていたかかな……」

ちいさな姉弟に青火が振り回されている図がなんとなく浮かんで、すこし微笑《ほほえ》ましくなる。それだけにそのあとの未来がいっそう痛ましい。

「椿姫さまはなぜ魔に転じてしまったのでしょうか……」

「わかりません。通常、ひとが魔に転じるのは神の強い怒りを買った場合になります。何かしてはならない禁忌を犯したのか……あるいは継承の儀式で何かが起きたのか……。同じ場所にいた雪華さまは何も語ってくれませんしね。雪華さまもあの場所で大事な婚約者を亡くされているから、思い出したくないのかもしれませんけど」

青火の声に苦いものが混じった。

「わたしはときどき、馨さまは火守のあれこれとは関わりがない場所でふつうに暮らせないものかなって思うんですけど……。まあ、依り主である以上そうもいかないし、性格的に椿姫さまのことをほかのひとに任せたりはしないだろうから、しかたないんですけどね」

青火の話を聞いていて、ふいにきづいた。

馨は魔に転じた姉を呼んでほしい、とことりに言った。

あのときは、馨たちが抱える事情をよく知らなかったから、ただ言葉どおりに受け取った。ことりが魔を呼べば、馨の役に立てるのだと。でも、今はもっと重くその言葉がことりにのしかかる。魔に転じた姉を祓うというのは、かつてひとだった姉を殺すということだ。

——愛した家族を殺すということなのだ。

ほかのひとに任せるのと、自分でするのと、どちらがより救いがあるのだろう……。

(わたしはほんとうに、椿姫さまの魔を呼べるのだろうか)

それにもうひとつ、ずっと胸に引っかかっていることがある。

(椿姫さまは「つばきちゃん」ではないの……?)

交流会で大怪我《けが》を負った女の子は死んだ、と父親は言っていた。あのときはそれを信じたけど、ことりに父親が正しい情報を教えてくれるとは限らない。

(でも、椿姫さまだって四年前に魔に転じてしまっている)

椿姫にもつばきにも、ことりが会うことはできないのだ。

答えのない問いに沈みそうになったので、ことりは頭を振った。どちらにせよ、ことりが椿姫の魔を呼ぶことには変わりがない。馨の手を取ったときに約束したことだ。

「——と、夜遅くにおしゃべりをしすぎてしまいましたね。すみません」

「いえ」

お盆にのった煎じ薬に目を向け、ことりは帰りの車内で肩に寄りかかって眠っていた馨のことを思い返した。火守の屋敷に着いても馨は目を覚まさず、慣れたふうに青火が部屋まで運んでいたし、そのあとはずっとすがたを見ていない。青火はよくあることだと言っていたけれど、そんなに具合がわるいのだろうか。そういえば、魔女は子どもの頃から馨を診ているようだった。

「あの、青火さま。馨さまは何かご持病があるのですか？」

「え？」

「皆さんがときどき、そのように仰《おっしゃ》っているから……」

「ああ……そうか。そうですよね」

青火は思い当たったようすでうなずいた。

「ことりさんは、若以外の依り主に会ったことがありますか？」

「え？　いえ……話で聞いたことしか」

依り主は神祀りの家でごくまれに現れるものだが、今の世に存在しているのは確か数人のはずだ。当然、めったにお目にかかれるものではない。

「じゃあ、ほかの方にお会いしたら、きっとびっくりされますよ。依り主はふつう、ひとの言葉は届かないし、口も利かない、ただ神の器として静かにそこにおわするだけだから」

ことりは目を瞠《みは》った。馨とのあまりのちがいに驚いたのだ。

「依り主は、ある日突然、神に選ばれ、分身が身体《からだ》に降りることで為ります。ただ、通常はその瞬間にもとの身体のぬしは、ひととしての記憶も人格も失《な》くしてしまう。それがひとがその身に神を降ろすということなのです。若は我が強くて、よくしゃべるでしょう。依り主になっても、火守馨として存在し続けていらっしゃる。あれは神祀《まつ》りの歴史でも、特異なことなんです」

――社に神像よろしく祀られている依り主とか。

昼に馨から聞いた話が別のおそろしさを持って立ち上がる。

物言わぬ依《よ》り主《ぬし》は、社の奥に神のごとく祀られてきたのだろうか。今もどこかの家では祀られているのだろうか……。

「火守の決まりでは、当主には魔祓いの力がもっとも強い者がつきます。以前お話ししたとおり、神に祓えない魔はいないので、依り主は理屈のうえではもっとも強い力を持つことになる――のですが。通常、彼らはただの器であるため、次に力を持つ者が当主の役目を担い、依り主を使います。火守の長老たちが次の当主を決めかねているのはこのためなんです。意思を持った依り主自体が前代未聞なので、雪華さまと両方候補にして、椿姫さまの魔を討ったほうという条件をつけた。――すみません、こちらの事情をもっと早くお話しするべきでしたね」

「いえ……わたしも何も訊《き》きませんでしたから」

それに、きっと最初に話してもらっても、ほとんど理解できなかっただろう。ことりは神祀りの家について知らないことが多すぎる。

「話がそれましたが、若がよく眠そうにしていたり、エネルギーを使い切って倒れたりしているのは火見さまを降ろしているからです。ふつうの依り主は静かにそこにおわするだけなので、平気らしいんですけど、若はよく動くししゃべるし、魔祓いもなさるから、たびたびエネルギー切れを起こしちゃうんですよね……。でも、一般人目線でありえないほどモヤシってだけで、ご病気とかではないのでご安心ください」

青火はからりと言ったが、ことりは表情を曇らせたままだ。

「……馨さまは、おそろしくはないんでしょうか」

ことりの脳裏に、雪上で椿《つばき》の花をついばむ火見のすがたがよぎった。愛らしい火鳥《かちょう》に、神の残酷さが重なった。

「さあ、聞いたことがないからなあ。でも、若はことりさんを見つけたとき、もしかしたら自分に重ねたんじゃないですかね。とくべつな力を持って生きるのはきっとたいへんだから」

「わたしは……」

わたしには馨さまと重なる部分なんてない、と思う。

むしろ遠い。とても、とても遠い。

ことりはいつだってひとの言うとおりにしてきた。

声を奪われたときも、離れに幽閉されたときも、ローレライだからしかたがないと、贄の間に行くことを父に命じられたときさえ、それもぜんぶしかたがないと思ってあきらめていた。ことりが自分の意思で選んだものなんて、今までひとつでもあっただろうか。誰にも譲れないほど強い想《おも》いを抱いたことが一度でもあったのか。

今日、はじめてことりは自分で決めて歌えたけれど、それだってよく考えたら、最善ではなかったのかもしれない。ことりは呼び寄せた魔を自分でどうにかすることはできないのだから。

（たとえ椿姫さまの魔を呼び寄せても、わたしが馨さまの代わりに祓ってあげることはできない……）

そのことがつらい。

「えっと、なんだか落ち込まれてません？」

気遣わしげに青火が尋ねてきた。我に返って、ことりは首を振る。

「だいじょうぶです」

「ええと……あっ、そうだ、この煎じ薬を若に持っていってあげてくれませんか？　お仕事を手伝ってくださるとたすかるなー」

にこにことお盆を渡され、「……はい」とことりは断りきれずに顎を引いた。

部屋を出ると、青火と別れ、ガラス戸を挟んで庭に面した廊下を歩く。

夜になり、また雪雲が空に厚く垂れ込めた。しんしんと降り続く雪の中、無数の椿が庭に落ちている。凍《い》てた花びらのうえにまた雪片が重なる。

「馨さま、起きていらっしゃいますか？」

雪見障子越しに声をかけたが、返事はない。お盆を置いて、そっと障子を引き開ける。

馨は布団で眠っているようだ。掛け布団の端では、火見が羽毛に頭を入れて寝ていて、そこだけが時折火の粉が立ちのぼって明るい。

きっと起こさないほうがよいのだろうな、と思い、足音を立てないように部屋を横切ると、机に煎じ薬を置いた。そのまま、すぐに部屋を出て行こうと思った。けれど、なんとなく後ろ髪を引かれて、馨のかたわらに座る。

雪が降るだけの静かな夜だった。馨はほんとうに息をしているのだろうか。青火の話を聞いたせいで、しゃべったり動いたりしていないと不安になってくる。

手を伸ばして、前髪に触れた。指のあいだをさらりと滑り落ちる。すこし梳《す》くようにしてから、額に触れる。あたたかかった。

「ん、つばき……？」

まだ夢の中にいるような、まったく無防備な声が返ってきて、ことりはぎくっとした。

答えを迷っているうちに、馨が目をひらく。

「あー、ことりか」とむにゃむにゃつぶやき、一度目を瞑《つむ》った。そのまままた眠ってしまうのかな、と思って待っていると、すこししたあと身じろぎをする。ことりは馨にきづかれないうちに、なるべくそっと額から手を離した。

「なんか夜になってないか」

「なっています」

「……何時？」

「十時は過ぎていたかと」

「いつの間に一日が終わったんだ……」

半身を起こして、馨は肩を落とす。馨からすれば、北の宮家の観梅会を出たあと、眠っているうちに一日が終わってしまったということなのだろう。

「白湯《さゆ》をお持ちしましょうか」

「いや。何かあったか」

枕元に座っていることりを馨はふしぎそうに見た。目が覚めたら、ことりが部屋にいるので不審に思ったのかもしれない。

「いえ、青火さまに煎じ薬をお持ちするよう言われて来ただけなので……」

「ふうん？」

馨は寝巻代わりにしている浴衣のうえに羽織《はおり》をかけた。いやそうな顔をしつつ、煎じ薬を取る。ことりも飲んだことがあるが、よく効く代わりに苦いのだ。

「おまえの妹、泣きそうな顔をして北の宮邸から出て行ったぞ。しょうもないことを画策するからだ」

　馨がいつもどおりに悪態をついているので、ことりは苦笑した。

「初音はわたしを嫌っていますから」

「ちがうな。あれはただの嫉妬」

「嫉妬……？」

「絶対に届かない才能に嫉妬しているだけだ。おまえが気に病むことではない」

　まるでことりに初音が嫉妬しているかのような物言いをする。さすがにそれはありえない気がして、首をひねった。

「集まった客たちは、ぽかーんとした顔で聴《き》き惚《ほ》れているし。はあ、せいせいした」

　馨のほうはすがすがしそうに言っている。ことりは手元に目を落とした。

「あの、わたしが……ご無理をさせましたか？」

「うん？」

「魔をたくさん呼んでしまいましたから……」

　ことりが魔を呼んだら、馨はそれを祓《はら》わなくてはならない。絶対にだ。

　あのときは火見と馨がいるから安心して歌えたけれど、でも、青火が語った依り主の話によると、馨は火見の力を使うほど消耗する。そういえば、雪山で魔を祓った翌日も、馨はキャンピングカーでずっと眠たそうにごろごろしていた。

「……青火が何か言っただろう」

馨は飲み終えた煎じ薬を置いて、顔をしかめた。

「言っておくけど、俺のひよわは生まれつきだ。十七年前に死にかけて生まれたし、これまでも、ふっつうーに五回は死にかけてる。板についた虚弱だ。四年前に依り主になったからじゃない」

「そう、でしたか」

虚弱にも板についているといないがあるのか、と妙なところに感心しつつ、ことりはうなずいた。

「子どもの頃、俺を診た医者は、十五まで生きるのも難しいと言ったらしいぞ。腹が立ったから、尻を蹴ってやったけど。——見立てた己の無能さを悔いろ。あの魔女め」

軽口を叩《たた》いて、馨は空の茶碗《ちゃわん》を手で回した。

あかるい。真冬の星空のような、澄んだあかるさだ。

（どうしてこんなに——）

思いかけてから、帰りの車内でことりの肩にもたれかかってきた重みとぬくもりがよみがえる。魔祓いのあと、北の宮邸を辞去するまで、馨は決して弱々しげなそぶりを見せたりしなかった。きっと立っているのもつらかっただろうに。

そうか、とふいにことりはきづいた。

この男の子は、強いわけではない。

ただ、強く在ろうとしているのだ。誰よりも。

（まぶしい）

はじめて目にしたとき、まるで夜闇に散る火花のような男の子だと思った。その輝きの烈《はげ》しさに目を奪われた。

（まぶしさは、なんてせつないんだろう）

きっとちかづかなければ、ひかりと熱の内実を知ることもなかった。輝きの内側にこんなふうに想いを馳《は》せることもなかった。

（何かわたしにできたらいいのに……）

ずっと見ていられなくなって、ことりは目をそらした。

「そういえば、観梅会に行った礼は何がよい？」

ふと思い出したようすで馨が尋ねる。

「豆乳ドーナツ？」

覚えていてくれたのだと思うと、ふわっと胸がなごんだ。

「いえ、それはもういただきました」

「え、何かやったか？」

馨がくれた白梅の枝は、ことりの部屋の窓辺に飾ってある。本人は何をあげたとも思っていないかもしれないが。

「馨さまは、何かしてほしいことはありますか」

「してほしいこと？」

「わたしにできることがあれば、なんでもいたします」

「なんだ、いきなり大盤振る舞いだな」

いぶかしげにこちらを見た馨が、驚いたように言葉を切る。

何かが頰を伝っていく。ぽろりとこぼれたそれは、ことりの膝に落ちて、まるい染みをつくった。

——わたし、いつの間に泣いてしまっていたんだろう。

一度きづくと、それはあとからあとからあふれてやまない。ことりは嗚咽《おえつ》をのみこんで、目元に手をあてた。

「べつに……」

言いさしてから、馨はことりの頰に触れる。落涙が馨の指先でふるえる。火見の身体《からだ》から舞い上がる火の粉を映して、それは水晶のようにひかって見えた。

「なら歌。昼のようなやつでいいから歌え。なんでもよい」

「……魔を呼びます」

「この家は強力な結界が張ってあるし、仮に入り込んでも火見が祓うからいいだろ」

「おすきですか」

瞬きをした馨に、ことりは言った。

「わたしの歌がお気に召しましたか」

「……すきだとわるいか」

むっとしたふうに言われたのに、あたたかな気持ちが広がった。同時にそれを苦しいとも思う。

「……ひとが多い場所で歌うのがおそろしいと、わたし、今日言いましたでしょう」

頬に馨の視線を感じたが、ことりは障子戸に映った雪影に目を向けた。

「それはわたしが昔、外で歌を歌って大事な友人を傷つけたからなんです。彼女はその傷がもとで亡くなったと聞いています。たとえ魔を呼ばなくても……わたしの歌声は罪深く、あのとき彼女に流させた血で穢《けが》れています。《みにくい声》なのです……。だから、どうか……今日のように聴いて楽しむのではなく、魔を呼ぶための道具だと思って、お使いくださいませ」

ふるえると思った声は、ただ泡雪のようにひそやかにこぼれて消えた。

そのままずっと顔を上げていられると思ったのに、こめかみが痛くなって、視線を落とす。

「……ごめんなさい。隠すつもりでは」

急にこらえきれない嗚咽が襲ってきて背中を丸める。こわくなった。

「ただ、前にきれいだと仰《おっしゃ》ってくださったので……言えなくて……。ごめんなさい……」

流れ続ける涙を手で拭っていると、となりから微《かす》かな衣擦《きぬず》れの音がした。

「おまえが友人を傷つけたことと、俺がおまえの歌声をきれいだと思うことは、まるでべつのことだ」

馨はことりのほうではなく、微かに明るい障子の先を見ていた。

「何も交わらないし、交わる必要もない、べつとべつのものだ。だから、ここでは好きに歌えばよい」

持ち上げたティッシュケースを置くと、馨は数枚まとめたティッシュをことりの顔に押しつけた。

「ふふっ、鼻があかい」

手の向こうから、やわらかなわらい声がした。

もらったティッシュを顔にあてると、ふぃん、と生まれたての雛《ひな》みたいな、ひしゃげた声がこぼれた。涙はもう止まらなかった。しゃくりあげながら、ちいさな子どもに戻ったみたいに泣き続ける。

馨はとくべつ慰めたりはしなかったし、それ以上何かを言うこともなかった。でも、去っていったりもしない。ただそこにいてくれることが、こんなにもあたたかい。

思い出したことがある。わたし、歌うことがすきだった。だいすきだった。すきの気持ちごと砕けてずっと忘れていたけど、長い眠りから目を覚ましたみたいに思い出す。

雪山ではじめて歌ったとき、あなたはきれいだと言った。

――そのことが、ほんとうは泣きたくなるくらいうれしかったのだと。

五　ローレライの歌

椿姫《つばき》というのは、昔から傍若無人な姉だった。

「かーおーるー！」

小学三年生の頃である。その日も体調を崩して学校に行けなかった馨《かおる》が布団のうえでひとり魔除《まよ》けを結ぶ練習をしていると、廊下からばたばたとせわしない足音がした。この家で、そんな歩きかたをする人間はひとりしかいない。

ほどなく現れた予想どおりの少女に馨はげんなりする。

「……おかえり、椿姫」

「ただいまっ！　ほら見ろ馨、椿《つばき》が満開だぞ！」

おまえのために持ってきた、と自慢げに言って、腕いっぱいに抱えた椿の花をどさどさと馨のうえに降らせる。椿自体に雪がついていたのか、馨は椿と雪まみれになった。せっかく熱が引いたところだったのに。

「おまえなあ……」

「感動したか？　外に出られないおまえのために、本家から摘んできてやったぞ」

「どうやって入ったんだ、本家」

「雪華《せっか》はわたしの子分だから」

椿姫はどやーとした顔で言った。

火守《ひもり》は八つの家が上下なく横並びに存在しているが、当主を出した家の家族はまとめて火見野《ひみの》の屋敷《やしき》に入って暮らすため、これを便宜上「本家」と呼ぶ。

親を亡くした馨たちが居候している二ノ家は、唯一本家と同じ火見野に屋敷を構え、代々これを補佐する役割を担っているため、本家一家との結びつきが強い。今の当主の長女である雪華と、馨の姉の椿姫は同じ小学校に通う同級生だった。

当主のひとり娘と、二ノ家に居候している娘なので、主人と子分が逆じゃないのか？　とも思ったが、それを気にする椿姫ならそもそも本家の神木から勝手に花を摘んできたりしない。

青火《せいか》に怒られるだろうな……と思いつつ、馨は枕元に落ちた小ぶりの椿を取り上げた。手にした花を窓辺に置かれた花器の端に加える。

「残りの花は片づけておけよ」

「えー、こんなにたくさん持ってきたのに」

「一個で十分。青火が怒る……」

「でも一個は受け取るんだな。結局おまえはやさしいなー」

椿姫はふわりと相好を崩し、馨に飛びついてきた。

そこへ現れた青火が「ああああ……」と悲痛な叫び声を上げる。

「椿姫さま、だから雪のついた花をそのまま持って帰っちゃだめですって……！　床が泥まみれに！」

「ちょうどいい、青火。掃除しろ」

えらそうにのたまい、椿姫はわらいだした。

——姉が当代随一の力を認められて、当主継承の儀に臨んだのは、その数年後。馨が十三歳で、椿姫が十六歳のときのことだ。

いつものように不敵にわらって出て行った姉は、二度と家の門をくぐることはなかった。


二月のすえがちかづいても、火見野では雪が降り続いている。

ちがいといえば、二月のはじめの雪よりもすこし水気を含んで重たくなったくらいだろうか。ひらいた傘のうえを滑る雪の重みで、春がちかづいている、と思う。

薄く雪のかぶった墓碑の前で、馨が懐から取り出した香木に火をつけていると、背後で雪を踏む音がした。襟巻代わりに馨の首にくっついていた火鳥《かちょう》が頭を上げる。傘をすこし傾けると、氷の彫像めいた美貌の女性がこちらに向かってきていた。

「ひとりか」

雪華が尋ねた。雪の花を描いた薄氷色の着物に藍の帯を締め、灰鼠《ねずみ》の羽織《はおり》をかけている。長くまっすぐな髪は後ろで一本にくくり、青と銀の組紐《くみひも》を結んでいた。

「離れたところに青火がいる」

「わたくしも雷《らい》がいるよ。離れたところに」

馨が視線をやると、木立のあいだから雷がこちらに向けて盛大にメンチを切っていた。横で青火が「あー……」という目をしている。

「あいつはそばつきのくせに自己主張がつよすぎないか」

「なぜ？　かわいい子ではないか」

「……あっそ」

雪華の感性とはつくづくあわない。

そばつきは、本家や八つの家々の当主と次期当主に対してづけられるもので、家にゆかりがある者か、あるじたち自身が選んだ者がなる。雪華の場合は、婚約者の男が死んだあと、二ノ家の次男坊である雷がそばに上がった。青火は椿姫が子どもの頃に拾ってきた男で、椿姫のそばつきだったのを、馨がそのままそばに置いている。

「おまえこそ、身元の知れない者ばかりをそばに置くねえ」

「身元が知れても信頼できるとは限らないだろう。特にこの家は」

古くから家を守ってきた者ほど、依《よ》り主《ぬし》は使うものだ、という考えが多い。つまり、馨は意思など持たず御簾《みす》のうちで静かに火ノ神の器をしていろ、ということである。

神祀《まつ》りの家には、どの家にも《依り主の間》と呼ばれる部屋があって、そこは座敷牢《ざしきろう》に似た造りで外界から閉ざされている。そもそも、ふつうの依り主には人格と記憶がないから、生人形《いきにんぎょう》のようにすべての世話を周囲にされる。

はじめて依り主の間を見たとき、馨はさすがにぞっとした。

馨の前の依り主がいた数十年前は、この家でもこうして依り主は祀られていたのである。そして、それに加担していた人間たちはまだ家中で生きながらえている。あれを見たとき、自分の運命は絶対に他人の手にゆだねてはならないと思った。そのために自ら力を持つべきだと。馨が当主にこだわるのは、姉のためと、あとは自分の自由のためである。

「今日は平日だろう。高校は？」

枝付きの椿を墓前に供え、雪華が訊《き》いた。

今日は椿姫の月命日の、翌日である。前に月命日に来たら雪華と出くわしたので、翌日にしたらまた顔を合わせてしまった。相手も同じことを考えたらしい。今度は翌々日にしよう、と考えかけてからやめた。次の月命日は春分である。

「休み。高校入試で」

「なんだ。早々に落第が決まったのかと思った」

「そんなわけがあるか。俺だぞ？」

と言ったが、実際は成績というより出席日数のほうが足りなそうで、補講で乗り切った。ひよわだと、進級するのも一苦労である。魔祓《まばら》いの仕事が入ることもあるから、去年も馨は落第すれすれだった。

「相変わらず好きだね、学校。おまえはつくづく依り主を逸脱するな」

呆《あき》れたふうに雪華が言った。確かに進学している依り主も、婚約者を持った依り主も馨がはじめてかもしれないが、べつに知ったことではない。

墓碑の前でしばらく手を合わせてから、雪華は目をひらいた。

「それにしても、ずいぶん可憐《かれん》な婚約者を連れてきたではないか」

「ゴリラでもライオンでもなかったって？　それ聞き飽きた」

「まるで来月の春分に間に合わせるように連れてきたな」

雪華はひやりと目を眇《すが》めた。

「雨羽《あまね》の姫を婚約者にするって話はもともと進んでた」

「でも、決まっていた妹のほうじゃなくて、双子の姉を選んだんだろう？」

「俺にも好みとかがある」

「ふうん？　おまえはああいうおとなしそうな子が好きなのか。意外」

素朴な顔で訊かれて、馨は言い返したくなるのをがまんした。

雪華は腰を浮かせると、手を合わせているあいだ閉じていた傘をひらく。女性にしては背の高い雪華は、馨と目線の高さが同じくらいだ。

「雪華」

「なんだ」

「……四年前の春分の日、何があったんだ」

もう何度目かになる問いを馨は繰り返した。

当主継承の儀式があった、四年前の春分の日。

その場にいたのは、次の当主を継承する椿姫と、継承者を奥宮と呼ばれる、普段は閉ざされた神事の場に連れていく役目を持った雪華、そのそばつきであり婚約者だった春日《はるひ》という男の三人だけだった。

だが、継承の儀式の最中、椿姫はいきなり魔に転じ、雪華のそばつきを襲って消えた、といわれている。春日は深刻な魔障《ましょう》を負ってその場で息を引き取り、雪華はそのときの負傷が原因で、今も右腕がやや不自由である。

「わからん。火ノ神から火を分けてもらっている最中に、椿姫が勝手に燃え上がった」

雪華は公の場で何度も言ったのと同じ言葉を繰り返した。

「間に合わなかった」

「……そうか」

この問答は今日も意味がなかったようだ。

春日と雪華ははた目にも仲の良《い》い婚約者同士だった。春日を襲って殺した椿姫を、雪華はたぶんずっとゆるしていない。椿姫の墓を見つめる雪華の目はいつもつめたい。だけど、馨は姉のしでかしたことを代わりに雪華に詫《わ》びるというふうにはなれない。四年前の春分のあとから、互いのあいだには容易には触れられない透明な壁がそびえている。

「馨」

雪華がひとつに結んだ髪を揺らして振り返った。

「春分の日、余計なことをするんじゃないよ。椿姫のようになりたくないなら」

「脅しかよ」

馨は思わずわらってしまった。

「おまえは火ノ神のおそろしさがわかっていないんだ」

「俺以上にわかってる人間がいたら驚きだけどな」

火見《ひみ》が椿姫の墓前に供えられた椿の花をついばみはじめる。

依り主とは、神の分身が降りる依り代《よしろ》である。そして、生きながら神に命をついばまれる贄《にえ》でもある。といっても、馨はもともと身体《からだ》が弱くて、ずっと長生きはできないと言われていたから、今は神の恩寵《おんちょう》のおかげで生きながらえているし、でもそのぶん、死なない程度に削り取られてもいる。与えられて、奪われる。そこに善いとか悪いはない。神は常にそこに在るだけ。ひとに与えられた自由は、選択だ。

「――忠告はしたぞ」

それだけを言うと、雪華はきびすを返した。

雪の降る中、遠のいていく赤い和傘から目を離し、馨は息をつく。

「火見、供花を喰《く》うな」

そして、火鳥《かちょう》の身体を後ろから抱き上げた。


「若君、おかえりなさいませ！」

馨が墓参りから屋敷に戻ってくると、のの花《か》やひたきたちが染め糸を干しているすがたが見えた。椿《つばき》の枝から染めた糸で、何度も染め重ねると赤が増し、ほかにも淡い灰、青みを帯びた紫など、染める回数や媒染剤を変えることでさまざまな色が出る。これらの糸は乾かしたあと、まじないを唱えながら組まれて紐になり、その組紐が魔《ま》除《よ》けに使われるのだ。

「冬は特に鮮やかな色が出るな」

染め糸に触れながら、馨はつぶやいた。

出迎えにきたのの花がにっこりわらう。

「水は冷たいんですけどね。わたしもこの時季の糸がいちばんすきです。おでかけでしたか？」

「でかけた先で雪華と鉢合わせした」

「それはご愁傷さまです！」

染液から引き上げたばかりでまだ湿った染め糸は、風の中、のんびりたなびいている。朝降っていた雪は一時的に上がっていたが、またちらつきはじめるかもしれない。大雪でもなければ、仕事は続く。ここで働く女たちはあかぎれしないように、魔女が調製した軟膏《なんこう》をよく手に塗っていた。

微《かす》かな歌声が風にのって聞こえてきたので、馨は目を上げる。

すこし離れた場所にある濡《ぬ》れ縁《えん》で、ことりが糸を紡ぎつつ歌っているようだ。そばには糸を紡ぐときに使う繭の抜け殻が籠に積まれている。

歌うといっても、ハミングのようなもので、控えめな旋律が聞こえるくらいだ。火守本家の敷地《しきち》は強力な結界が張られているし、魔を呼ぶときの空気がざわめくかんじはしない。あの夜のあと、ふたりでいろいろ試してみて、火守の結界内ならハミング程度は大丈夫、ということがわかった。以来、何かの歌を口ずさむことりのすがたを見かけることが増えた。

「また歌っておられますねえ」

ほのぼのとした眼差《まなざ》しをことりに向け、のの花が微笑んだ。

「ことりさんはなかなか人前では歌ってくれないんですけれど、糸紡ぎのときはときどき鼻歌を歌っているので、みんな遠巻きにこっそり聞いています」

しばらく耳を傾けていたが、ふと歌が途切れたので、馨はそちらに足を向けた。

ことりは長い髪を右に寄せて緩く三つ編みを結い、栗梅色《くりうめいろ》の紬《つむぎ》に作業用の前掛けをして糸を紡いでいた。

「なんの歌だ？」

横に腰掛けながら尋ねる。

「おかえりなさいませ」と律義に言ったあと、ことりは糸紡ぎの手を止めた。

「糸のかぞえうたです。ひたきさんに教わりました」

「あー、確かに聞き覚えがあったような。でも何かちがった」

「歌っているうちに好きに変えてしまった部分があるかもしれません……」

ことりはもじもじと手元に目を落とした。

思ったよりも、するりとことりは離れで働く女たちになじんだ。何事にも真面目に取り組む性格だし、年上の女たちも多いので、娘や孫のように思って見守られているのかもしれない。最近は作業が終わったあと、のの花と一緒に勉強をしていることも多いようだ。女たちいわく、ことりはとても勉強熱心らしい。

「ああ、そうだ」

馨は懐から包み紙を取り出す。

「前に俺が結んだのがよいって言っていただろう。結んだ」

紙をひらいて取り出したのは、飾り結びで締めた香袋である。淡い紅色の組紐《くみひも》で花を一輪かたどって結んである。最初は飾り結びだけだったのだが、「まさかそれをポイッとそのままあげるんですか？」とのの花に信じられないという顔をされ、集まった女たちに「髪飾りにするか、せめて香袋にしろ」と詰め寄られた。

「くださるのですか？」

「ほかに誰にやるんだ」

呆れつつ差し出すと、ことりは前掛けで手を拭いてから受け取った。菫色《すみれいろ》の眸《ひとみ》が大きくなり、眦《まなじり》が淡く染まる。出会ったときは精緻な人形のような少女だと思ったが、よく見ていると、彼女は匂い立つように気持ちが表情に出る。

「お花ですね」

「そう。なんの花だと思う？」

「梅……とはちがうので、ええと、桜……でしょうか？」

自信がなさそうに訊いてきたことりに、「あたり」と一言返す。

伏せがちの眸がやわらかく細まる。

「恐竜をいただくのかと思っていましたが……」

「それは青火に止められた」

「恐竜でも花でもうれしいです」

「ふうん？」

「あの、大事にします。ずっと……ずっと持っています」

めずらしく一生懸命しゃべっている。

もっと聞いていたい。――と思ってしまってから、なんかそれもな、と反発心が込み上げてきた。周囲に吹聴しているとおり、ほんとうに馨がこの婚約者がだいすきで、喜んでもらいたくて香袋を用意したみたいではないか。べつにいいけど、なんだか何かに負けた気がする。

「桜の飾り結びには、どんな意味があるのですか？」

香袋を胸に引き寄せ、ことりが尋ねた。

「わるいことは起きない」

「はい」

「よいことばかりが起きる」

「ふふ、万能です」

「だろう？」

間近でふわりと笑みが咲いた。

直前に考えていたことのせいでへんな気分になってきたので、ことりの三つ編みの先を無言でぐいぐい引っ張る。いきなりされたからか、ことりはふしぎそうにした。

「どうかなさいましたか？」

「なんでもない。ええと……さっきの糸のかぞえうた、もっかい歌え」

「はい」

衿《えり》に香袋をしまい、ことりは居住まいを正した。

歌がはじまると、周りの空気がひかりを帯びてまどろむ。

馨は頬杖《ほおづえ》をついて、澄んだ歌声に耳を傾ける。

静かで穏やかで、ささくれだったものたちがぜんぶ流されていく。

こういう時間がすきだ。口の端に笑みを引っ掛け、目を閉じた。

＊…＊…＊

火守の屋敷《やしき》は椿ばかりが植えられているが、厨《くりや》のそばには若い桃の木が立っていて、今朝がた可憐《かれん》な花を一輪つけた。

その日、特に連絡もなく、魔女がやってきた。

「近くの大学で魔障研究の学会があってねー。お嬢さんたちのことを思い出したから」

春分がちかづき、離れで働く女性たちも神事の準備に忙しい。

同じ神祀《まつ》りの家であっても、それぞれ祀っている神ごとに神事の形態は異なるが、春分、秋分、夏至、冬至、それに新年といった季節の節目に比較的大きな神事があるのはどの家も同じらしい。また当主の代替わりは、たいていこの節目に合わせて行われる。椿姫が魔に転じたのも春分だった。そして、馨たちが魔に転じた椿姫を呼ぼうとしているのもこの日。

皆忙しそうなので、ことりは魔女をもてなすためのお茶を淹《い》れた。

「馨さまと青火さまは今日はおでかけしているのですが……」

ふたりはきのうから魔祓いの仕事で遠方へでかけていた。今日も帰りは遅いという。

「おかまいなくー。あなたの傷の具合も診たかったしね」

学会帰りというのに、魔女は相変わらずレースとフリルがどっさりついた黒のドレスを着ていた。緩く波打つ髪は細いレースを絡めて編んである。

ことりが淹れたジンジャーティーをおいしそうに飲んだ魔女は、肩を見せるように言った。着物の袖を抜くと、白い肩があらわになる。以前は傷痕がもっとはっきり残っていたが、今はだいぶ薄くなった。

「うん、穢《けが》れの広がりもない。大丈夫そうね。あのとき渡した軟膏はちゃんと塗っている？」

「はい。朝と夕に二度」

「そろそろなくなると思うから追加を渡しておくわ。あとひと月ようすを見て、変わらないようなら、もう塗らなくていいわよ」

「わかりました」

魔障《ましょう》は、魔が身体《からだ》を傷つけたときに体内に残った穢れがわるさをするもので、歌姫は歌を介して龍神の力を借り、穢れを清める。対処が遅いと、穢れが身体の奥深くにもぐって侵食が広がるので、治療は早ければ早いほどいいといわれている。ことりは、馨たちにすぐに魔女のもとに連れていってもらえたので、あまり大事にならずに済んだ。

「あの、魔女さま」

着物を直すと、ことりは口をひらいた。

「魔女さまは、馨さまのことを幼い頃から知っているのですか？」

「そうねえ、あの子のことを診ていたのはあたしだからね。――あの子の母親は八ノ家の当主でね。でも、魔祓いの仕事中に深刻な魔障を負った。あの子は魔障に侵された母親の胎内から生まれてきたのよ。だから、生来虚弱だった」

「椿姫さまも？」

「椿姫は健康だったから、べつに診てはないけど。何が訊《き》きたいのかしら？」

ずばり尋ねた魔女に、ことりはためらいがちに目を伏せ、思い直して顔を上げた。もともと自分から魔女に連絡を取ろうと思っていたのだ。

「お尋ねします。魔に転じたひとを、もとに戻す方法はないのでしょうか？」

「それは椿姫のこと？」

「…………」

ことりは沈黙した。魔女は苦笑し、軽くこめかみを押す。

「馨もはじめ、同じことをあたしに訊きにきたわ。もう四年前だけどね」

そうだろうとは思っていたのだ。大事なひとが魔に転じたと言われたら、たぶん誰だって最初に考える。

「結論から言うけど、ないわ。理由はふたつある」

感情を排した声で、魔女はきっぱり告げた。

「魔に転じたとき、椿姫の身体は燃え上がったそうよ。つまり、彼女の肉体はすでに焼失してしまっている。ひととして死んだ、ということよ。これがひとつめ。もうひとつ、椿姫の魂のゆくえだけど――、魔に転じたときに穢れて変形してしまってる。もうもとには戻せない」

「魔障を癒《いや》すようにはできないのですか」

「できるならやってあげたいけどね。お嬢さんも知っているでしょう。歌姫は体内の穢れを清めることで魔障を癒すのであって、力が及ぶ対象はひとに限られる。つまり、魔そのものはどうこうできない。そこまでいってしまえば、あとは滅ぼすしかない。水鏡《みかがみ》や雨羽がいて、火守がいるのはこういうわけ」

やっぱり……と予想どおりの答えが返ってきて、ことりはうなだれた。これくらいのことを馨たちが調べていないわけがない。どうにかできるなら、どうにかしている。

——……大地を永劫《えいごう》さまようのはつらかろう。

どうにもならないから、こうなったのだ。それでも、そこにはわずかばかりの救いがあるから、選択するのだ。でも、それはなんてかなしい救いなのだろう……。

「あの子を案じてくれているのね」

こちらを見つめる魔女はなぜかうれしそうだ。

「わたしにできることがあればよいと……」

「ふうん？」

魔女はますます頬を緩める。どうしてそんな顔をするのか、ことりにはよくわからない。楽しい話はしていなかったと思うが、このひとはすこし変わり者の気があるので、ことりと感じかたがちがうのかもしれない。

「お嬢さんは変わったわね。うん、とても面白くなった」

「……なぜ楽しそうなのですか？」

こらえきれずに訊いた。

「え？　楽しくは、まあ、あるけど……。んん、甘酸っぱいな——……」

魔女はひとりでにやにやしたり、頬を押し回したりしている。

ほんとうにいったい何が言いたいのだろう。ことりは眉をひそめた。

「あの……?」

「いや言わない、言わない。こういうのは自分できづくものだからね」

「はあ」

魔女が言いたいことはさっぱりわからないままだったが、ことりはひとまずうなずいた。

冷めてしまった自分のぶんのジンジャーティーに口をつける。

客間からは椿《つばき》の咲いた庭が見渡せる。三月に入り、降雪のあいまに陽《ひ》が多く顔を見せるようになったが、根雪はなかなか解けない。

「——懐かしいわね。昔、椿姫ったら、本家の神木から山ほど椿の花を摘み取ってきて、馨と青火に怒られてた」

陽に照らされた椿の花に目を向けて、魔女がつぶやいた。

「いつでも元気いっぱいで、とても魔に転じる娘には見えなかったんだけど。どうしてかしらねえ……」

明るい目をして椿の花に手を伸ばす女の子のすがたが、ことりの目の前にもつかの間立ち現れた。振り返った女の子が顔をくしゃっとさせて、わらい声を立てる。そして霞《かすみ》のように消えた。

「まあ、愛した弟がとどめを刺しにくるんだったら、まだマシなのか」

遠くへ想いを馳《は》せるようにこぼれたつぶやきに、ことりは答えることができない。

(椿姫さまを呼んでよいのだろうか)

魔女を見送ったあと、金天蚕《きんてんこ》たちにあげる椿の葉を摘みつつ、ことりは近頃何度も考えたことをまた考えた。神事の準備で皆忙しくしているため、糸紡ぎや染め糸の作業は休みになっている。ただ、金天蚕の世話は欠かせないので、それはことりが引き受けていた。

葉はもう十分すぎるくらい摘んだのに、胸は塞がったかのように重い。

――できるかはともかく、ことりが椿姫を呼ばないという選択肢はない。

それがはじめに馨とした約束で、ことりが馨の婚約者としてこの場所に連れてこられた理由だ。ことりが歌わなかったら、馨の光明は消える。

(歌を……)

ことりの意識は、すこし前の雪の日に向かう。

(歌ってよいと言ってくれた)

だから、何が変わるというわけではない。

ことりの歌は魔を呼び寄せる。呼び寄せた魔はひとを襲う。

何も変わらない。この先も変わらない。つばきを傷つけたことも。

でも、馨がそう言ってくれたとき、まっしろな雪原にぽつっと燈火《とうか》が灯《とも》ったみたいに心の一部が明るくなった。ふしぎだ。自分ではない誰かがそう言ってくれた。そう願ってくれた。この先もそう思ってくれている。それだけで、燈火が灯るのだ。ことりはきっとこの先も、何度だって宝石のように馨の言葉を思い出すだろう。

それなのに。

(椿姫さまを呼ぶことしか、もうわたしにできることはないのだろうか)

椿の葉をのせた籠を置いて、その場にうずくまる。

馨は、椿姫が魔に転じた春分の日に、同じ場所で彼女を呼ぶと言っていた。

もうあまり時間がない。ほかに誰も傷つかなくて済む方法はないのだろうかと考えても手立てがなく、いやおうなく刻限はちかづいていく。

ふと横から袖を引かれる気配がして、ことりは顔を上げた。

嘴《くちばし》で袖をくわえているのは、火見である。ことりが膝を引き寄せていた腕をほどくと、火見はことりの膝とおなかのあいだにもぐり込んできた。羽根の一本一本から立ちのぼる炎《ほのお》がゆらゆら揺れている。熱いというよりはじんわりあたたかい。

「馨さまのところでなくてよいのですか?」

火見はだいたいは依《よ》り主《ぬし》である馨のそばにいるが、気が向くと好きに歩き回っている。

馨いわく、火見が自分から近寄る人間は少ないらしいのだが、なぜかことりのもとにはよくやってきた。最近のことりは懐に菓子のたぐいを忍ばせていて、やってきた火鳥《かちょう》に「お供え」をしている。

「あの、お供えするものは、今は持っていません……」

申し訳なく思って伝えると、火見はしばらく固まったあと、すいと頭を下げた。少々残念そうなそぶりに見えた。そっと首のあたりに指を添わせる。なでなでするると、羽がふくらむ。きもちよさそうだった。

こんないとけない神さまであるのに、椿姫を魔に転じさせたのだ。

「火見さま……椿姫さまはなぜ魔に転じられてしまったのですか」

答えは返らないとわかっていて、ことりは尋ねた。

「なぜ、馨さまに椿姫さまの魔祓いをさせるのですか」

火見の澄んだ翠《みどり》の目がことりを見上げている。耳を傾けているのかはわからない。

「……あの方をたすけては、くださらないのですか……」

祈るように囁《ささや》きかけたが、火見は目を閉じて、ふくらませた羽の中に頭を入れてしまった。

＊…＊…＊

春分の神事は翌日に迫っていた。

ののの花たちは、ことり用の神事の衣装も用意してくれた。白の衣と緋袴《ひばかま》に千早をつけた神事らしいものである。千早は緋の胸紐《ひも》で結べるようになっていて、白無地に薄く青摺《ず》りで椿の柄が入っている。火鳥が好んで食べる花で、火守の紋だからだろう。

着付けると、いつものように髪を右に寄せて緩く三つ編みを結う。それに加えて今日は椿をかたどった髪飾りを挿した。着付けを手伝ってくれたのの花が「とってもすてきです！」とことりの周りをぴょんぴょん跳ねる。まだ暗いうちでも、のの花は元気である。

春分は前日から神事がはじまるらしく、ことりは雪華や馨たちとともに火見山《ひみやま》にある社にのぼることになった。まだ夜明け前だが、階段の両端の石灯籠に火が入れられているため、ほのかに明るい。大鳥居をくぐった雪華は、こちらを見向きもせず悠然と石段に向かったが、雷のほうは思いきり顔をしかめたあと、悪態をつこうとして雪華に耳を引っ張られていた。

「ほら、行くぞ」

差し出された馨の手におずおず手を重ねる。

はじめ、ひんやりしている指先にももう慣れた。でも、握り返されると、なんだか妙に落ち着かなくなる。ことりはすこし手を動かして、馨の親指だけを握った。

「なんだ」と馨が怪訝《けげん》そうな声を出す。

「つめたくて、そわそわするのです」

俯《うつむ》き、ことりはちがうことを言った。そわそわするのは、つめたいからではない。

「ふうん？」

馨は笑みを引っ掛け、ぎゅっとことりの五指を握ってきた。ほんとうにつめたい。

「どうだ、つめたいか」

「お離し、くださいませ」

「ふふっ、自分でほどいてみろ」

つないだ手と手で攻防をしていると、「参道でいちゃつくな」と雪華が呆《あき》れたふうに言った。

参道をゆらゆらと泳ぎ回る深海魚のあやかしの数が今日は多い。春分のような季節の節目には、こちらの世界と異界がちかづくといわれている。だからだろうか。

歩きながら攻防を繰り返しているうちに、互いの体温がちかづいて、手がぬくまってきた。そわそわするのに、なぜか離しがたい。えい、と思って、ことりは自分から馨の手に指を絡めた。「観念したか」と馨が満足そうにわらう。

階段をのぼりきると、山の頂のほうから凍《い》てた風が吹き下りた。

りーん、と水を打つような澄んだ鈴の音が響く。

檜皮葺《ひわだぶき》の屋根を持つ拝殿は、吊《つ》り灯籠に火が灯り、暗闇にじんわり浮かび上がるかのようだ。神事のために張られたのだろう幕に吊り下がった大小の鈴が玲瓏《れいろう》とした音を立てる。

ことりの横で、馨は祭祀《さいし》用に焚《た》かれた祭壇の炎を眺めている。

椿姫のことを考えているのかもしれない。表情が消えると、この男の子は烈《はげ》しい、まぶしい、というより、ふしぎと果敢《はか》ない。手を引いていないと、どこかへいなくなってしまいそうだ。

ふと自分たちのほうに向けられた別の視線にきづいて、ことりは瞬きをした。

拝殿内にもかかわらず、雪華は炎ではなく、馨を見ていた。その眼差《まなざ》しは暗い。何かを振り切るように目を瞑《つむ》ると、雪華は再び前を向いた。

このとき、雪華がいったい何を考えていたのか、ことりにはわからずじまいだった。

火ノ神への参拝を終えると、いくつかの決められた神事を済ませて離れに戻った。今日すべき務めはこれですべてだ。あすはいよいよ春分の儀式の当日を迎える。

夕食のあと、ことりは馨たちとあすの儀式の手順を確認することになった。

「まずは拝殿で火ノ神に供物を捧《ささ》げます」

青火が居間の脚の短い丸テーブルのうえに地図を広げる。儀式の舞台となる社の見取り図のようだ。

「火ノ神は菓子を好みますので、果物とか、和菓子を奉じることが多いですね。こちらは雪華さまのもとで働いている皆さんが用意しています。奉納する順番は決まっていて、まずは雪華さま、次に若とことりさんです」

ことりは膝のうえでまんじゅうをつついている火鳥を見やった。火見はなんでも食べるが、確かに椿の花と菓子はことのほか好物のようだった。

「椿姫さまはどこで呼ぶのですか？」

「儀式を終えたあと、奥宮——椿姫が魔に転じた場所だ。拝殿の奥に奥宮へと続く道がある」

尋ねたことりに馨が答えた。

「奥宮は異界の入口にあたる場所で、春分と秋分、夏至と冬至のときだけ、道がつながるようになっている。季節の節目には、異界とこちらの世界がちかづきやすくなるためだ。奥宮の戸の鍵を管理するのは当主だが、今は代わりに雪華が持っている」

「……入れるのですか？」

馨と雪華は仲が良くないし、馨が頼んで雪華に鍵を借りるすがたも想像できなかった。

「もちろん」

馨はにやりとわらって、鳥のマスコットがついたキーホルダーを指で回した。よく見ると、キーホルダーには鍵らしきものがぶら下がっている。

「雪華さまが持っていたのでは……？」

「合鍵だ。前に雪華から借りてつくった」

「借りた」

どう考えても無断としか思えない。ことりはそれ以上追及するのをやめた。

そのあとも青火を交じえて、儀式の手順や、奥宮にたどりついたあと、椿姫を呼ぶ手順の確認を行った。馨たちの話に耳を傾けつつも、ことりの心は次第に沈んでいく。

――椿姫を呼ばなくてはならない。

ほんとうに呼べるかはわからない。でも、あしたがいちばん可能性が高いと言われている。もし馨たちが考えるとおり、ことりに椿姫が呼べてしまったら。

――馨は椿姫を祓《はら》わなくてはならない。

ここしばらく、馨が椿姫の魔祓いをしないで済む方法はないかと必死に考えた。でも、何も浮かばなかった。そもそも、馨や魔女たちだって一度は考えたことなのだから、ことりに急に妙案が浮かぶわけがない。時間はじりじり過ぎ、何も答えは見いだせないまま、当日を迎えようとしている。

――もし椿姫が呼べなかったら。

呼べないほうがよいのではないか。馨に姉殺しをさせないで済む。

……でも。

――……大地を永劫《えいごう》さまようのはつらかろう。

でも、それでいいのかもわからない。

「なんだ」

いつの間にか俯いてしまっていると、馨が尋ねた。

「ずっと何か言いたそうにしてないか？」

胸のうちの後ろめたさを見抜かれた気がして、ことりはどきりとした。

口をひらこうとして、引き結んだ。ためらいがふくらむ。

「……いえ、何も……」

「ふうん」

釈然としないようすで馨が窓の外に目を向けたとき、ふいに切ないような衝動が押し寄せた。

「あの、馨さま」

「うん？」

「うたわなくては、いけませんか」

ふるえる声でことりは口にした。

「あした、どうしても、歌わなくてはいけませんか……」

「どういう意味だ？」

馨はいぶかしげな声を出した。

「椿姫を呼ぶのがこわくなった?」

「いえ……」

それをするのはあなたではないといけませんか。

ほかの者に任せるのではだめなのですか。

そんなあたりまえに自分がいちばん傷つく道を選ばないで。たとえ、あなたがとても強いひとでも。

「ただ、わたしが……」

どうしてわたしは魔を呼び寄せる声なんて持ってしまったんだろう。ほかの歌姫たちのように、魔障《ましょう》を癒《いや》すことができる、そういう声だったなら。馨の目にも留まらなかっただろうか。でも、こんな出口のない問いの中で溺れるような気持ちにならずに済んだ。

急にかなしくなってきて、ことりはどうしたらよいかわからなくなった。

「ただ……わたしがいやなのです……」

きづけば、消え入るような声でつぶやいていた。

「馨さまがおねえさまの魔を祓わなくてはならないのが、いやなのです……」

こちらを見つめる馨の顔に、はじめて微《かす》かな痛みが走る。それから、ばつが悪そうにことりから目をそらした。

言ってしまった、と思った。代わりに何がしてあげられるわけでもないのに。馨の代わりに魔を祓ってあげられるわけでもないのに、わたしはひどい。

苦い気持ちがこみあげてきて、ことりはうなだれた。

「……ごめんなさい……」

「──あれはただの魔だ」

何かを振り切るように告げて、馨はことりに目を戻した。指先がことりの目元に触れる。ふるえる雫《しずく》が馨の指を伝い、自分が目にいっぱいの涙を湛《たた》えていることにきづいた。

「だから、ほかのことは何も考えなくてよい。そのときが来たら俺も迷わず祓うし──」

そこでめずらしくためらうような間をあけて、馨は目を伏せた。

「……でも、わるい。歌わなくていいとは言えない」

それが最初にした約束なのだから、あたりまえだ。


自室に戻ったあともなかなか寝つけず、ことりは丸い雪見窓に映る雪影をぼんやり眺めていた。

(わたしにできることはもう何もないのだろうか)

やがて雪が上がり、夜闇が青く薄らいでいく。朝がちかづいている。

まんじりともせずに褥《しとね》の中で過ごすことに耐えられなくなり、ことりは布団から出た。

すこし早いが、湯浴みをすると、儀式用の衣装に着替えて外に出る。

昨晩降った雪が、根雪のうえにわずかに積もっている。さくりと新雪を踏み、ことりは白い息を吐いた。椿《つばき》の花はすでに盛りを過ぎ、まばらに残った花も端から茶色く朽ちかけている。

――つばきちゃん！

答えを見つけられないまま、あてどなく敷地内《しきち》を歩いていると、つばきに怪我《けが》を負わせたときの記憶が断片的によみがえった。

――つばきちゃん、死なないで……っ！

腕の中のつばきは、背中から血を流してぐったりしている。

(わたしのせい。わたしのせいで、つばきちゃんが死んでしまう)

こわくてぐすぐすと泣きだすと、ことりの胸に力なく寄りかかっていた女の子がわずかに身じろぎした。

――だい、じょうぶ……。

うわごとのようにつぶやいて、ことりの手をぎゅっとつかんでくる。

――だいじょうぶだから……ゆきちゃん、泣かないで。

ゆきちゃん、というのはつばきがことりを呼んでいた名だ。

つばきとゆき。わたしたちはほんとうのなまえを教え合わず、一緒にいた短い時間、それぞれの着物の柄からつけた名で、互いを呼び合っていた。

（はじめて思い出す……）

ことりの記憶はいつもぐったりしたつばきに取りすがっているところで途切れていた。

そこで気を失ったのかと思っていたけど、まだ先があったのだ。

動くと傷が痛むのか、顔をしかめつつ、つばきはことりの腕を支えにしてふらふら立ち上がった。やめてと言っても聞かない。この薄っぺらくて傷ついた身体《からだ》のどこにそんな力が残っていたのだろうとふしぎに思うくらい。

──『アレ』は祓うから。こわがらなくて大丈夫。

──大丈夫じゃないよ。だってつばきちゃん、血が……。

──大丈夫。あんなのなんかに負けないから。ゆきちゃんのこと絶対……ぜったい守るから。

血で汚れた横顔は、ひるむことなく大蛇を見据えている。

夜が明けるように胸にひかりが射《さ》し込んでくる。それはちいさな友人に対する泣きたくなるようないとおしさだった。

この子はどうしてこんなにつよいんだろう。どうしてこんなに誰かのために勇敢でいられるんだろう。

（つばきちゃんは最後まであきらめなかった）

近くの木から飛び立つ鳥の羽音が聞こえ、ことりは顔を上げた。

(あきらめないから、つよかった)

(誰よりも、つよかったんだ)

いつの間にか、火守の敷地の端まで歩いてきてしまっていたらしい。

竹を組んでつくった獣除《よ》けの柵には、魔除け用の飾り結びがかかっていた。

火守の土地は、染料用の草木や薬草がある薬草園の先に、普段はひとが立ち入らない私有林が広がっている。敷地の外には大地が裂けた谷があり、清らかな川が流れていた。

雪曇りの空から薄い朝陽《あさひ》が射し込みはじめている。どうしたらいいか答えはまだ出ていなかったけれど、戻らないと、と思った。

そのとき、木立の向こうから、さくりと雪を踏む音がした。

「――歌わないのか？　ロ、ロ、ローレライ」

声をかけられ、ことりは瞬きをする。

「……雷さん？」

雪華のそばつきをしている少年は、神事用の白の衣に浅葱《あさぎ》の袴《はかま》をつけていた。ただ、きのうとちがい、どこか後ろめたそうな、緊張気味の面持ちをしている。

「どうして……」

遅れてローレライと呼ばれたことにきづき、ことりは顔をこわばらせる。

どうして雷がローレライのことを知っているのだろう。それにこんな早朝にこの場所にいるのはなぜなのか。まるでことりを追ってきたみたいに……。

そこまで考えて、きのう拝殿で雪華が暗い目をして馨を見つめていたことを思い出す。

雷がここにいるなら、それは主人である雪華の命をおいてほかにないのではないか。

「雪華さまの情報網を舐《な》めるなよ。二か月もあれば、雨羽の内情くらい探れる。おまえは雨羽ではローレライと呼ばれて、ずっと声を封じられていた。火見さまの力で封じを解いたのが馨だ。どうせ、それを餌にうまいこと言われて連れてこられたんだろう」

ことりが火守の家に来るまでの流れはおおむね雷の言うとおりだ。

そうだともちがうとも言えず、ことりは唇を引き結ぶ。

「ローレライは歌で魔を呼び寄せるんだろう。椿姫の魔を呼ぶつもりか」

「わかりません……。でもわたし、戻らないと」

「馨のところへ？」

「……雷さんは、わたしをつけていらしたんですか？」

尋ねると、「つ、つけたりしてねーし！」と雷はあからさまに視線を泳がせた。

「おまえに用があって離れの近くをうろついていたら、たまたま外に出ていくおまえが見えたから追いかけただけだ！」

「わたしにどういった御用があるのでしょう」

「それは……」

言いよどんでから、雷は真剣な顔つきになって口をひらいた。

「いいか。椿姫の魔は、馨ではなく雪華さまの前で呼べ」

「……雪華さまがそう命じられたのですか？」

雷は答えなかったが、雪華以外にこんなことを雷に命じる人間がいるとは思えない。無意識のうちに衿元《えりもと》を——香袋をしまった衿元をつかみ寄せつつ、ことりは数歩あとずさった。

「わたし……。そちらには参れません」

千早をひるがえしてきびすを返すと、「待て！」と舌打ちした雷がことりに手を伸ばす。後ろから腕をつかまれたが、身をよじって逃げようとする。

「離し……」

利那、視界の端で蛍に似た淡いひかりが明滅した。

竹を組んだ柵のうえに金の蛾《が》が留まっている。糸を得るために育てていた金天蚕《きんてんこ》のうち一匹が羽化して逃げたようだ。ふわりとことりの頬へすり寄ってきた蛾が羽をはためかせて、金の鱗粉《りんぷん》を雷のほうへ落とす。

「うわっ」

たたらを踏んだ雷が目元に手をやった。はずみに腕の拘束がほどけ、ことりは勢い余って柵にぶつかる。

「きゃ――」

柵が後ろに傾《かし》ぎ、身体が宙に投げ出される。

崖下までは十メートル以上はあろうか。

落ちる、と思った瞬間、上から手首をつかんで引き上げられた。雷だ。

「どうし……」

「んなもん、目の前で墜落死されたら寝覚めわりーし！」

言い返しているそばから、雷が支えにしていた柵の柱がめりめりと軋《きし》み、勢いよく地面から抜けた。

「……っ!?」

ことりと雷は大きく目を瞠《みは》る。

直後、重力に引かれるように、ふたりの身体は急斜面を谷川に向かって転がり落ちた。

＊…＊…＊

「若君！　若君！」

朝、馨が神事用の衣と袴を着付けていると、のの花が断りもなしに襖《ふすま》をひらいた。

「なんだ、騒々しい」

袴の紐《ひも》を結びつつ、馨は顔をしかめる。

「たいへんです！　ことりさんが部屋にいらっしゃらないんです！」

「……いない？」

のの花たちに引きずられるようにしてことりの部屋に入ると、確かにもぬけの殻になっていた。ただ、室内が荒らされた形跡はなく、布団はきちんと畳まれ、衣桁に掛けられていた衣装もなくなっている。では、ことりが自分の意思で外に出たのだろうか。

とはいえ、儀式当日の朝である。普段、ふらふらどこかに行ってしまうような娘でもない。

「どうしてしまったのでしょうか……」

「とりあえず、近くにいないか捜せ。──雪華には感づかれるなよ」

「はい」

離れで働く女たちは不安そうに顔を見合わせたあと、四方に散らばった。

「きのうのことりさん、ようすがおかしかったですよね……」

残った青火が苦い顔をして言った。

「何が言いたい？」

「椿姫さまを呼ぶことをためらわれているようだったので」

確かにそんなことを口にしていた。それで逃げ出すという性格でもない気がしたが。

しばらく思案したあと、馨は目を上げた。

「おまえも捜しにいけ。あいつがいないとどうにもならない」

「若はおひとりで大丈夫ですか？」

「俺は朝は八家の集まりに出るだけだから」

ほんとうは馨も捜したかったが、火見野の社での儀式を前に、本家の母屋には火守八家の人間たちが集まりはじめている。馨がすがたを見せないと、それこそ何事だと怪しまれるだろう。

着替えを終えて、紋付の羽織《はおり》をかけると、離れを出た。

冬と春の境目の日だというのに、空は雪雲が重く垂れ込め、今にも雪が降りだしそうだ。

母屋へ続く細い渡り廊下を歩きつつ、きのうのことりとの会話を思い返す。

――どうしても、歌わなくてはいけませんか……。

あのときのことりは目にいっぱいの涙を溜《た》めて、今にも泣きだしそうだった。

もともと、椿姫を呼び寄せるために連れてきた娘である。今歌わなくては意味がないし、今歌わせなくては意味がない。迷う必要はどこにもないのに、向けられた想《おも》いがあまりに澄んでいて、つい気持ちが揺らいでしまう。ここで立ち止まるわけにはいかないのに。

「火見――」

いつもは馨にくっついていることが多い火鳥《かちょう》も、なぜか朝から見当たらなかった。

（どいつもこいつも……）

舌打ちしたくなるのをこらえて息をつく。どちらにせよ、火見は馨が強く願えば、すがたを顕《あらわ》す。

普段はほとんど寄りつかない母屋に足を踏み入れると、それまでの空気ががらりと変わった。屋敷《やしき》でいちばんの広さを持つ大広間には、すでに八家の人間が集まっている。上座には、椿《つばき》紋の千早を着た雪華が静かに座していた。

「遅かったな、馨」

こちらにきづいた雪華が目を眇《すが》めて口をひらく。

「婚約者は？」

「……腹を下して休んでる」

適当にごまかして、雪華のとなりに座した。

数十はあろう視線が一気に集まる。

しゃべって動く依《よ》り主《ぬし》は神祀《まつ》りの長い歴史でも馨以外にいないらしいので、依り主というものを知っている年寄りほど、奇妙そうに馨を見ている。露骨に気味が悪そうに眉をひそめている者もいる。どうでもいいけど、言いたいことがあるなら言え、と思う。いやみを言ってきたなら、やり返してやるのに。

春分の儀式の場は火見野の社だが、はじめる前には毎回こうして八家の集まりがひらかれる。火守の名を継ぐ八つの家は、普段は各地にそれぞれ屋敷を構えて、その区域の魔祓いと魔除けを受け持っているのだが、季節の神事のときだけは火見野にある本家に集まるのだ。そして、事前に挙げられたさまざまな議題についても話し合われる。この会議は昼前まで長々続く。

「雷はどうした」

二ノ家の当主――雷の祖父、照日《てるひ》の長話を聞きつつ、馨はとなりの雪華に小声で尋ねた。大広間に集うのは、各家の当主とその伴侶や嫡子、それに当主を退いた「長老」と呼ばれる人間たちに限られるため、そばつきたちはふつうは外に控えている。ことりを捜すための人手に回したため、馨は青火を連れてこなかったが、部屋に入るとき、雷のすがたも見当たらなかった。

「さあな。腹でも下したんじゃないか」

肩をすくめる雪華を馨は胡乱《うろん》げに見つめる。

「……ことりに何かしたんじゃないだろうな」

「おや、離れで休んでいるのではなかったのか？」

「……そうだよ」

「おまえこそ、わたくしの雷に何かしたか」

「はあ？」

「――ご両人」

照日がこちらに目を向けたので、馨と雪華は一度言葉を切った。

そのとき、ぴりりと微細な電気に似た悪寒が走り、馨は視線を撥ね上げた。

「……馨？」

眉をひそめた雪華と、ほかの幾人かも遅れてきづいたらしく、表情を変える。

距離は離れているようだが、空気が異様にざわめく気配ですぐにわかった。

「魔だ」

馨は立ち上がると、座している人間たちのあいだを横切り、障子戸をひらいた。

北の方角から、黒い煙が上がっている。いやな予感がした。

「火見！」と外に出て、いまだすがたを見せない火鳥を呼ぶ。

＊…＊…＊

――ことりちゃん。

――起きて、ことりちゃん。

頰に触れるぬくもりに、ことりは薄く目を開ける。

（わたし、どうしていたんだっけ……）

前後の記憶があいまいで、ぼんやりしたまま瞬きを繰り返していると、「ことりちゃん、起きた？」と横から女の子が顔をのぞかせる。ことりは目を大きくひらいて、息をのんだ。

「つばき、ちゃん？」

ことりに肩をくっつけるようにして、うつくしい女の子が膝を抱えて座っていた。艶《つや》やかな長い黒髪は編み込みをして椿をかたどった組紐で結び、深紅の着物にもやはり大きな椿の花が描かれている。幼くても、凛《りん》とした気高さを感じさせる美貌。懐かしい女の子のすがただった。

「つばきちゃん、どうして？　どうしてこんなところにいるの？」

びっくりして尋ねると、「どうしてって？」とつばきはふしぎそうな顔をする。

「さっきまでおしゃべりしていたのに、ことりちゃんが眠っちゃったんだよ」

「そう……だっけ？」

「うん、そうだよ」

つばきに微笑《ほほえ》まれると、そんな気がしてきた。

となりに座り直し、ことりはおそるおそるつばきをうかがう。

「つばきちゃん、わたし、ずっとつばきちゃんに謝りたくて」

「わたしに？　どうして？」

「わたしのせいでつばきちゃんに怪我《けが》をさせてしまったから……」

「それはわたしには関係のないことだよ」

重く打ち明けるつもりで言ったのに、つばきはあっけらかんと首を振った。

「そんなことよりも」とことりに身を寄せてくる。着物からふわっと澄んだ薬草の香りが漂った。慣れ親しんだ香りにこわばった心がやさしく包まれる。

「ね、ことりちゃん歌って。わたし、ことりちゃんの歌がだいすきなんだよ」

「それは……だめ」

「どうして？」

「だって、わたしの歌は魔を呼び寄せるから」

足元に目を落とすと、つばきはきょとんとした。

ことりとつばきの背には、交流会のあった日、ふたりで肩をくっつけあっておしゃべりをした椿の大きな樹《き》が立っている。濃緑の葉が風でざわめき、赤い椿がぽとりと落ちた。つばきの手がそれをすくうように拾い上げる。

「ことりちゃんは、歌姫の力がどんなものか知ってる？」

「それは……《歌姫の歌》で龍神さまの力を借りるの……。穢《けが》れを清める力……」

「そうだね。だから、歌姫は魔障《ましょう》を癒《いや》すことができる。魔障は、ひとの体内に残った穢れがわるさをすることだからね」

うんうん、と教え子に対する教師のような眼差《まなざ》しでことりを見つめ、「じゃあ――」とつばきは花を持つ手をひらいた。炎《ほのお》がぱっと燃え上がり、椿の花を包む。ことりは瞬きをした。記憶の中のつばきは、こんな火術を使っていただろうか。

「じゃあ、ローレライは？　ローレライは歌姫と何がちがうの？」

「ローレライは《みにくい声》だから……歌姫とは何もかもちがうよ……」

「そうなの？」

つばきの手から生まれた炎に、ことりのすがたが映った。どこか不安そうに炎を見つめている。

「ねえ、もっと考えてみて。わたしがすきなあなたのこと」

「つばきちゃんは、わたしがすき？」

「うん、すき。きれいな声で歌うから。椿の花とお菓子と、――の次にすき」

最後の部分だけがなぜか聞こえなかったけれど、屈託のない言葉に胸がなごんだ。

「わたしもつばきちゃんが、だいすきだよ」

「ふふ、おんなじだね」

つばきは機嫌がよさそうに目を細めた。

「ねえ、ローレライは魔を呼び寄せるんだよね？　どうやって呼び寄せるの？」

「ええと……声が魔に届くから……？」

「うんうん」

燃え盛る炎を手の中で操りながら、つばきは相槌《あいづち》を打つ。

「ことりちゃんの声は魔に届くんだね？　ほかのひとの声は届かなくても、あなたの声なら届くんだね？」

「そう……」

「じゃあ、ローレライはなに？」

つばきの手から生まれた炎がことりを取り囲む。赤々と燃えている。それなのに熱くない。

「わたしがすきなあなたはなに？」

「魔にも……聴こえる声でうたう……」

「そう」

相好を崩して、つばきがことりを抱きしめてくる。腕に飛び込んだぬくもりに、胸を締めつけられるようなせつなさがあふれた。

「おねがい、わたしを呼んで。あなたの声で。そして歌って、《歌姫の歌》を」

ことりは驚き、首を横に振った。

「ローレライは歌姫の歌なんて歌えないよ」

「どうして？」

「どうしてって……」

《祝い》と呼ばれる特殊な歌詞がついた歌姫の歌は、龍神の力を借り受け、魔障を癒すために歌われるものだ。ローレライのことりが歌ったところで意味なんてない。

（意味、なんて……）

――魔障を癒すようにはできないのですか。

ふと先日の魔女との会話の一端がよみがえり、ことりは睫毛《まつげ》を揺らした。

あれはいったいなんの話をしていたときに出てきた言葉だったか。

（そうだ……確か椿姫さまの身体《からだ》はもうなくなってしまっているから、救うことはできないという話で……魂も……）

――魔に転じたときに穢れて変形してしまってる。もうもとには戻せない。

――魔障を癒すようにはできないのですか。

あのとき口にした言葉が、今、別の精彩を帯びて立ち現れる。ことりは息をのんだ。

「魂は……もとに戻せるの……？」

自分を抱きしめる女の子に目を落とす。

「ひととして天に還《かえ》すことなら、まだできるの……？」

「――そう願うなら、試してみればよかろう？」

これまでとがらりと声音を変え、つばきが咽喉を鳴らした。

その身体が指先から炎に変わる。燃え上がる。女の子の身体が揺らめき、尾羽の長い火《か》鳥《ちょう》に変わったようにことりには見えた。

（火見さま……？）

見覚えのある澄んだ翠《みどり》の目が、燃え盛る炎の向こうからこちらを見つめている。

「まあ、《龍の君》が応えるかどうかはわからんがな？」

ふっと鼻でわらい、火鳥のすがたも炎にまぎれた。螺旋《らせん》のように炎にまとわりつかれた身体が熱い。今度はほんとうに熱かった。熱い。熱い。焼かれて、しまいそう……。


「ん……」

身じろぎをすると、こめかみが鋭く痛んだ。こめかみだけじゃない。身体のどこもかしこも痛い。かすれた声を漏らし、ことりは目をひらく。

「つばきちゃん……？」

炎は消えていた。ことりを抱きしめていた女の子もいない。

宙に手をさまよわせ、見上げた空がやけに遠いことにきづく。

川のせせらぎの音がどこからか聞こえた。見れば、ことりは浅瀬に半身を浸して倒れており、先ほどまでいたはずの火守の私有林は十メートル以上離れた高所にある。支柱が抜けた柵が斜面に引っかかっていた。あそこから転がり落ちたのだ。

「ったた……」

すぐそばからした呻《うめ》き声ではっと我に返る。ことりを抱え込むようにして、となりに雷が倒れていた。斜面を転がっている最中に負傷したらしく、そう深くはない川に血が薄く広がっている。

「雷さん、大丈夫ですかっ？」

血相を変えて飛びつくと、「いいいいい痛い……。あまり大丈夫じゃない、かも……」と雷が苦しげに顔をしかめた。負傷した箇所を確かめようとして、ことりは目を瞠《みは》る。右脚が膝下あたりから折れ曲がって出血している。

「わ、わたし、ひとを呼んできますから……！」

「いや、待て！　おまえも怪我してるし、端末！　まず端末を使え！」

雷ほどではないが、ことりも斜面を転がり落ちるときにつくったらしい擦り傷が、破れた千早や袴《はかま》からのぞいている。腕をつかんでことりを引き止めた雷は、帯のあいだから端末を取り出し、「げっ」と呻いた。画面が暗くなったまま、電源が入らない。一度水没したせいで壊れてしまったようだ。もとよりことりには端末を携帯する習慣がない。

「踏んだり蹴ったりだな……くっそ」

雪華さまー、と子犬が鳴くような声を雷は上げた。

「……雷さんは、雪華さまのご命令で、わたしを追ってこられたのですよね？」

雷のそばにかがむと、ことりは破れた千早を裂いて、ひとまず雷の止血をはじめる。止血のしかたは以前、離れで働く女性たちから教えてもらっていた。最初、「自分でやる」と雷は言い張ったが、すこし身体を動かすだけでも痛むらしく、そのうちおとなしくなった。

「そうだよ……。馨はローレライに椿姫の魔を呼ばせるつもりだろうから、その前に自分のもとに連れてこいって」

「馨さまを次の当主にしたくないから、ですか？」

椿姫が転じた魔に婚約者を殺された雪華は、以来、馨のことも嫌っているのだという。ことりがローレライであることを雪華に知られると、椿姫の魔を呼ぶのを妨害してくるかもしれないと馨は警戒していた。確かに雪華はことりと馨の婚約に疑念を抱いているようではあったが……。

「ちがう……」

低く呻き、雷は首を振った。

「そうじゃなくて、皆は知らないけど、ほんとうは雪華さまは……」

そのとき、ぞっと凍《い》てつく気配を背後から感じて、ことりは止血の手を止める。

雷も同じものを感じ取ったらしく、表情を引き締めて口をつぐんだ。

（これ……）

鉄錆《てつさび》めいた独特のにおいがあたりに漂い、ことりは小刻みにふるえだす。止血のための布を落としそうになり、こわばる指先を握り込んだ。きづきたくなくても、きづいてしまう。

（これは魔の――）

「まずい……」

傷ついた自分の右脚に目を落とし、雷がつぶやいた。

「大量の神祀《まつ》りの血は、あわいのものをくるわせる……」

「え？」

「神か魔に傾かせるって意味だ！　しかもここ、魔除《まよ》けの結界の外っ！」

浅瀬に揺らめく血の帯に、金の翅《はね》を持つ蛾《が》がはたりと止まる。柵のうえで見た金天蚕《きんてんこ》とは大きさがちがっていた。無数の翅が擦れ合うような耳障りな音がしたあと、ぶわりと両翅が天を覆い尽くすような大きさに広がる。

ことりは浅瀬に膝をついたまま、呆然《ぼうぜん》と巨大な蛾を見上げた。

十一年前の交流会の記憶がよみがえる。あのときと同じように赤い血がことりの周りに薄く広がっている。つばきちゃん、と無意識のうちにことりはつぶやいた。あのとき、ことりを守ってくれたちいさな背中は今はもうない。

「おい！　ぼうっとするな！」

ちかづいた蛾の翅の端にぱっと火花が移り、燃え上がる。楽器を力任せにかき鳴らすような絶叫が上がった。雷が魔祓いの術を使ったのだ。

「今のうちにおまえは逃げとけ！」

「でも、雷さんも――」

「僕はひとりでどうにかできるしっ」

脚を負傷している雷はその場から動けない。ぐいぐいとことりの背を押して逃がそうとする雷に抵抗していると、視界がすっぽり巨大な影に覆われた。

頭上を片翅を傷つけられた魔が翔《かけ》る。金の鱗粉《りんぷん》が雨のように落ちてくる。みるまに前方の浅瀬が黒いあぶくを立てて干上がり、周囲の草木や岩がどろりと溶けた。

ひっ、とことりと雷は息をのむ。

「ほら……あんなふうに干上がりたくなかったら素直に逃げとけよ……」

「雷さんがそうなったら、雪華さまがきっとかなしみます」

「雪華さまはべつに僕なんか……」

ぼそぼそとつぶやいたあと、雷は頭を振って「わかった」と言った。

片足を引きずる雷を、横から腕で支えて走りだす。振り返りざま、雷は衿元《えりもと》から符を数枚引き抜いて宙に放った。ぱっ、ぱっ、と銀の炎が燃え上がり、追いかけてきた魔を攻撃する。翅に数か所の穴が開くが、一撃で祓うには至らない。

金の鱗粉が再び舞った。どろりと左半分が溶けた大木がことりと雷に向かって倒れてくる。

「……っ！」

紙一重で直撃を受けずに済んだが、大木が川にぶつかったときの衝撃で、ことりは浅瀬に撥ね飛ばされた。何度か転がってようやく止まる。雷は大木を挟んで反対側に倒れている。

「うう……」

どうにか半身を起こすと、眼前できらりと鱗粉が瞬いた。

指先にあった小石が黒いあぶくを立てて溶け、ことりはとっさに手を引く。一度立ち上がったが、ぬめった石に足を滑らせ、また浅瀬に転がった。身体じゅうが痛い。視界に霞《かすみ》がかかり、意識を手放しそうになる。目の前の恐怖から、心が逃げたがっている。

考えて、すこしふしぎに思う。

家族に売られて、贄《にえ》の間《ま》に送られたとき、ことりはさほどおそろしいとは思わなかった。どころか見ず知らずの馨を庇《かば》って、大蛇の前に自分の身を差し出しさえした。そうすれば死ぬとわかっていたけど、あのときはどこかでそれを切望していた。

ことりにとって、ローレライになってからの十一年間は、息をひそめて、ただ命の火が尽きるのを静かに待っているような、そんな長い時間だったから。つばきに怪我《けが》をさせてしまったあの日から、母親が目に涙を浮かべてことりを殺そうとしたあの夜から、でも、殺せないで、逃げて、自ら命を絶ってしまったあとから、わたしは、わたしのほうが……

死んでしまえばよかったのにと、どこかで思っていたから——……。

それなのに。

——たすけて。

あの日、贄の間でわたしが大蛇に喰《く》われて死ぬはずだったあの日。

月も星も灯《とも》らない暗闇に舞い上がる火花を、見た。

ひととき瞬いて消えるそのひかりに目を奪われてしまった。

こいねがってしまった。

(おねがい)

おねがい、わたしを。

(ここからたすけて——って)

だって、
つめたくて、
くらくて、
さみしくて、
死ぬのはこわい。

ほんとうは、とてもとてもこわい。

ただ口にできなかっただけで。

「いや……」

きづけば、涙の筋がいくつも頬を伝っていた。衿元から落ちた香袋が浅瀬に半分浸《つ》かっている。それをすくい上げると、血の味がする唇をぐっと引き結び、ことりはよろめきながら立ち上がる。

(だめ)

風を切り裂き、金天蚕の魔が迫ってくる。金の鱗粉が無数に舞う。

(まだあきらめないで。手を伸ばして)

鱗粉に触れた木がぶくぶくと液体になって溶ける。

天が落ちるように足元が影に覆われる。

(たすけたいひとがいるんでしょう……!)

——刹那、眼前で火花が散った。

「火見」

空から稲妻がごとき一閃《いっせん》が走り、金天蚕の魔が炎《おのお》に包まれる。

羽を広げた火鳥《かちょう》が離れるや、燃え上がった身体《からだ》は一瞬で灰に転じた。さらさらと舞い落ちた灰を風が流し、微《かす》かな煤《すす》のにおいだけを残してすべての痕跡が消える。

「火見、さま……」

晴れ渡った空を翔る鳥影を見上げ、ことりはつぶやいた。

たすかったのだという安堵《あんど》でくずおれそうになる。それを後ろから腕をつかんで支えられた。手のぬしを振り返り、ことりは瞬きをする。

「馨さま」

「……ほんと、この死にたがりめ。しかもふたりも」

顔をしかめて、馨は息をついた。呼吸が荒く、肩がせわしなく上下している。ことりの腕をつかんだまま、馨のほうが逆にその場に座り込んでしまった。

ここまで走ってきてくれたのだろうか。ことりが一緒にかがむと、不機嫌そうに眉根を寄せたあと、血や汗で汚れたことりの顔を羽織《はおり》の袖でぐいぐい拭かれた。腹を立てているのか、そうではないのかよくわからない。

離れた場所では、屋敷《やしき》のひとたちが雷を河原に運んでいた。蒼褪《あおざ》めてぐったりしているが、息はあるようだ。

雪華が耳にあてていた端末を切り、一同を振り返る。

「病院は手配した。この場所も至急、清めを行おう。それに破壊箇所の修復」

雪華の指示で、何人かの人間が動いた。清めや修復作業に向かったのだろう。

端末をしまうと、雪華は雷のほうへ足を向けかけ、途中で思いとどまったようすで馨とことりの前に戻った。

「すまない、あなたにまで怪我をさせてしまったな」

片膝をついてかがむと、ことりの肩に自分の千早をかけてくれる。

「あなたも早く病院に――」

「……いえ」

ことりは首を横に振った。春分の日は今日一日しかない。今から病院に行き、手当てを受けて戻ってきたのでは間に合わないかもしれない。

「馨さま」

かけられた千早を引き寄せ、ことりはそばにいる男の子を振り返った。急に動いたせいで軽い眩暈《めまい》を起こして、馨の胸にぶつかってしまう。澄んだ薬草の香りがした。夢の中のつばきと同じ香りだ。

「わたし……」

馨の上着をつかんで、ことりは一生懸命、言葉を口にする。まだ息が整っていないせいか、空回りして、けふ、と乾いた咳《せき》をした。

「おねがい、馨さま。わたし……」

「きいてる。なに?」

目を合わせて尋ねられた。馨はいつもことりの言葉を聴いてくれようとする。ぜんぶに従うわけではないけど、耳を傾け、きちんと想《おも》いを酌《く》んでくれようとする。夜空を思わせる眸《ひとみ》に見つめられると、静かな安堵が広がった。

「わたしはつばきちゃんを救いたい」

だから、はじめてまっすぐ自分の望みを言った。

たすけて、とこの男の子にこいねがったときのように。

「祓いたくはないのです……」

雷は近隣の病院に搬送された。集まった火守のひとびとは今、穢《けが》れた川の応急的な清めや、倒れた木の撤去作業を行っている。

そして、青火の運転する車で、雪華と馨とことりは火見野の社に向かっていた。当初からは規模を縮小する形で春分の儀式を執り行い、さらに奥宮で椿姫の魔を呼ぶためである。

ひとときは晴れ間がのぞいていたが、火見野の空は再び暗雲に覆われた。日中であるのに夕暮れのように暗い。今にも雪が降りだしそうだ。

「……うう」

移動の車内で、ことりは馨が持ち込んだ救急セットで手当てをされていた。

雷のおかげで、ことりは擦り傷くらいの怪我で済んだため、病院は必要ないと思ったのだが、「ばい菌が入るから消毒はしないとだめ」とすかさず馨と青火に言われた。

消毒液を浸した脱脂綿で傷口を拭われる。びりびり沁《し》みて痛い。眉根を寄せてがまんしていると、頬につくった擦り傷に脱脂綿をあてられた。ぴゃっと肩が跳ね上がる。

「……おしまいですか？」

涙目になって訊《き》くと、「まだ」と馨に軽く額を弾《はじ》かれた。

「雷なんかにふらふらついていくからだ」

「若はことりさんが愛想を尽かして逃げてしまったんじゃないかって不安だったんですよー」

運転席から青火が口を出す。

「ちがう。俺は近くにいるはずだから捜せって言った」

「はいはい、逃げるようなひとじゃないですもんね」

「おまえはちょっと黙っていろ」

馨が睨《にら》むと、「はーい」と笑みを含んだ返事をして、青火はアクセルを踏んだ。

救急テープを切って、傷が大きいところにはガーゼをあてられる。馨は大雑把そうに見えて、こういうときの手つきは丁寧だ。

「ご心配をおかけしましたか？」

「たいへんおかけしている。わかったら、ひとがいない時間にふらふら外に出るな。あと端末を携帯しろ」

「はい……」

端末は確かに、と思ったので神妙にうなずいていると、ふふっとちいさなわらい声が助手席から上がった。雪華である。

「仲が良くてなによりだ。おまえはほんとうに自分の力で『婚約者』を探してきたなあ」

すこしのあいだ愉快そうに肩をふるわせたあと、雪華は笑みをおさめた。

「でも、もとは椿姫のために連れてきたんだろう？　ローレライの歌声は魔を呼ぶといわれている」

「雷をことりのもとに寄越したのは、だからか？」

救急セットをしまい、馨は雪華が座る助手席に目を向けた。

「ことりに椿姫を呼ばせないため？」

「そうだよ。おまえに椿姫を討たせないため」

「──あの、雪華さま」

ふたりの会話に割って入るのは失礼かとも思ったが、それでも今尋ねなければならない気がして、ことりは口をひらいた。

「なんだ？」とフロントミラー越しに雪華がこちらを見やる。

「おうかがいしたいことが……。雪華さまは四年前、当主継承の儀式があった奥宮で何をご覧になられたのですか？」

となりから視線を感じたが、結局、馨は何も言わずに黙ったままだった。

軽く息をつき、雪華は首を振った。

「皆の前で話したとおりだ。継承の儀式の最中に、椿姫は急に燃え上がったんだ。わたくしとそばつきの春日が止めようとしたが、間に合わなかった。……ただ」

そこで一瞬、何かをためらうように雪華は言いよどむ。

「……いにしえより、火ノ神は継承者に《未来》の一端を見せると言われている。ほんとうかはわからない。当主は見た未来を誰にも明かしてはならないと言われているから。ただ、どうもそうらしいという噂《うわさ》があるだけだ。椿姫は燃え上がる直前、『だめ』と叫んだ。意味はわからない。訊く前にあの子は燃え上がって魔に転じてしまったからな。けれど、何かわるいものを見たのではないかと思った。普段、泰然としているあの子をひどく動揺させるほどの」

「それは……」

「何を見たのかはわからん。ほんとうに未来を見たのかすら。火守に今当主はいないし、未来を見せるなんていうのもただの迷信かもしれないしな」

肩をすくめ、雪華は手元に目を落とした。

その声にわずかに滲《にじ》んだ感情に、ことりはふと思い当たった。

椿姫の魔が雪華の婚約者を殺したせいで、雪華は馨を嫌っていると聞いたけれど、思えば、このひとたちは結構性格が似ている——ように見える。つまり、素直でないということだ。そのわりに、芯の部分では躊躇《ちゅうちょ》なく他人のために行動する。雪華のことはわからないが、少なくとも馨はそういう性格をしている。

それに、雪華は馨を次の当主にしたくないのかとことりが尋ねたとき、そうじゃない、と雷は否定していた。

——そうじゃなくて、皆は知らないけど、ほんとうは雪華さまは……。

「雪華さまは、馨さまを案じていらしたのでしょうか」

ぴくりと肩を揺らした雪華をことりは見つめた。

「だから、雷さんにわたしを連れてこさせ、椿姫さまの魔を呼ばせたかったのでしょうか……？　ご自身で祓《はら》うおつもりで」

「阿呆《あほう》か」

「余計なお世話だ」

雪華と馨の声はきれいに重なった。

むっとしたように顔をしかめて、双方、視線をそらす。

「……案じるほどかわいげのある性格をしていないだろう。馨も椿姫も」

窓に頬杖《ほおづえ》をつき、雪華は苛立《いらだ》たしげにつぶやいた。

（やはりこの方は……）

雪華の真意の一端を感じ取れた気がして、ことりはそっと眉をひらいた。

やがて車が停まり、火見野の社の大鳥居が現れる。

雪華は首にかけていた鍵を外して馨に放った。

「雷の件はわたくしの不手際だ。その結果、おまえの婚約者にも怪我《けが》をさせた。詫《わ》びに奥宮の鍵は貸してやるから、あとはおまえたちの思うとおりにやれ」

「へーえ、協力してくれるなんてめずらしいな、雪華さまが」

受け取った鍵に一度目を落とし、馨はそれを雪華に放り返した。

「でも、こっちはとっくに鍵くらい用意してるんだよ。一個貸しにしておいてやるから、もっと別の機会にたんまり返せ」

「神聖なる奥宮へ続く扉の合鍵だと？」

「鍵はただの鍵だろ」

雪華はしばらく絶句していたが、ふいに声を上げてわらいだした。

「昔、椿姫もそんなことを言って、本家の宝物庫の鍵をちょろまかしていたな。懐かしい」

「俺はあいつほどめちゃくちゃじゃない」

「わたくしからしたら、どちらも同じだよ」

車から降りると、雪華は畳まれていた提灯《ちょうちん》を縦に広げる。椿《つばき》の紋が入ったもので、蠟《ろう》燭《そく》に雪華が指を触れさせると、ぱちりと火花が散り、銀の炎が灯《とも》った。それをことりのほうへ差し出す。

「火見さまがいるから、灯《あか》りには困らないと思うが」

「いえ、ありがとうございます」

提灯の柄をしっかり握り、ことりは大鳥居を仰いだ。

雪華のほうは、これから拝殿でもともと予定していた春分の儀式を執り行うのだという。そばつきの雷の代わりに青火がそれに付き添うことになった。

「いってらっしゃいませ。若と……椿姫さまをどうかお願いいたします」

雪華の横で青火が頭を下げた。

大鳥居の向こうから、りーん、りーんと微《かす》かな鈴の音が響いている。

ふたりに見送られて社の入口である大鳥居をくぐったとたん、あたりに広がる闇がさらに深くなったように感じた。朝の騒ぎのせいか、参道の石灯籠にまだ火は入れられておらず、雪華の言っていたとおり、灯りといえば、火見がまとう炎と雪華から渡された提灯だけだ。

「ことり」

馨が手を差し出してきたので、ことりは提灯を持っていないほうの手をそのうえに重ねた。

「――つばきちゃんって言ってただろう、さっき」

どこまでも続くように見える石段の先を見つめて、馨が口にした。

「椿姫のことを知っているのか」

「一度会ったことがあるのだと……思います。神祀《まつ》りの家の交流会で」

つばきのなまえを聞いたときからもしかしたらそうではないかと考えていたが、夢でつばきに会い、今は半ば確信に変わりつつある。

十一年前に、ことりが交流会で出会った「つばきちゃん」は椿姫だ。おぼろげだった記憶がよみがえり、元気にしゃべっていたときのつばきの面差しやすがたも精彩を取り戻す。あらためて重ね合わせると、この男の子とつばきはとてもよく似ていた。

「つばきちゃんは椿の花がよく似合う――勇敢で、やさしい、わたしのたったひとりの友人です。わたしが呼んだ魔のせいで、背中に怪我をさせてしまいましたが」

「……背中？」

すこし前を歩いていた馨が何かに反応したようすで、こちらを振り返る。

「そのとき、椿姫は背中に怪我をしたのか？　十年以上前？」

「つばきちゃんがそうなったときのこと、馨さまも覚えていらっしゃいますか？」

「いや……」

めずらしく歯切れ悪く、馨は黙ってしまった。どうしてだろうと考え、ずっと何も言わなかったことに対してだろうかと思い直す。

「ごめんなさい。つばきちゃんが椿姫さんなのか、ずっとわからなかったのです。亡くなったと聞いていたし……つばきちゃんとは家のことも、ほんとうのなまえも教え合わなかったから。つばきちゃんのことは着物に椿が描いてあったから『つばきちゃん』と呼んでいて、わたしのことも――」

「『ゆきちゃん』？」

懐かしい響きに、ことりは目を細めた。

「つばきちゃんはわたしのこと、そう話していましたか？」

だったらうれしい。ことりが告げたなまえを覚えていてくれたのだ。

「……そんなところ」

馨は何かもの言いたげにしたが、結局そこで話を切って顔を上げた。

いつの間にか最後の段をのぼりきり、拝殿の前にたどりついていた。

いつもは拝殿内に焚《た》かれた祭祀《さいし》用の炎にお参りをして終えていたが、今日は拝殿の先に続いている小道を歩く。通常ならあるはずの本殿はなく、ただ黒い山肌があらわになった岩壁が現れた。下方に岩をくり抜いた跡があり、白木づくりの扉が嵌《は》め込まれている。

扉に触れ、馨は袂《たもと》から奥宮の鍵を取り出した。

「──呼べるか、椿姫を」

「はい」

静かに顎を引くと、馨は瞬きをした。

「あっさり言うよな……」

「さっき、椿姫さんの夢を見ました。わたしを待っている、ようでしたので……」

それはことりにしかわからないおぼろげな感覚だが、そうだと信じている。

──きっと椿姫にはもうすぐ会える。

そうか、と馨はちいさくわらった。

「さっき、椿姫の魂を救いたいって言っただろう。祓うのではなくて」

「はい」

「何を考えている？」

落ち着き払った声に問いかけられて、ことりは提灯の柄をぎゅっと握りしめた。

「おそらくローレライとは本来……魔を《呼ぶ声》ではなく、魔にも《聴こえる声》ではないか……と思ったのです」

「そういえば観梅会のとき、俺もそんなことを考えたな。魔はふつう、ひとの声が聴こえないはずだけど、呼び寄せられるということはおまえの歌声は聴こえているのだろうと」

思い当たったようすで馨はうなずいた。

「夢の中で、つばきちゃんが言っていました。自分を呼んでほしいと……そしてわたしに《歌姫の歌》を歌ってほしいと」

「確か雨羽の歌姫たちが、魔障《ましょう》の治療のときに使う歌のことだな？」

「はい。歌姫たちは通常、特殊な歌詞のついた《歌姫の歌》と呼ばれる歌を神に奉じることで、魔障を癒《いや》します。龍神の力を一時的に借りて、ひとの体内に残った穢《けが》れを清めるのです。同じやりかたで――わたしも椿姫さんの穢れて変形した魂をもとに戻します」

「それが《祓う》でなく《救う》か」

思案げに馨は目を眇《すが》めた。

「つばきちゃんをつばきちゃんとして……天に還《かえ》したいのです」

説明しながら、胸のうちでは不安がふくらんでいく。

確かにことりの歌声は魔にも聴こえる――と推測できる。龍神の力は穢れを清めるものだから、理屈のうえでは魔に侵されたひとの身体《からだ》だけでなく、魂さえもとに戻すことができるのかもしれない。けれど、こんなことは誰もやったことがない。おそらく雨羽の記録のどこにも残されてはいないだろう。

なぜなら、これまでローレライたちはそれとわかるや、殺されるか、声を封じられるかしてきたからだ。夢の中で会えたつばきのおかげで思いついたけど、もしまるで見当違いのことを言っていたら……こんなことまでして椿姫の魂が救えなかったら……。何よりも、自分に歌姫の歌なんて歌えるのだろうか。

《祝い》と呼ばれる特殊な言の葉で編まれた歌詞なら知っている。雨羽の離れでずっと、歴代の歌姫たちが遺《のこ》した古い歌譜を新しい紙に書き写す仕事をしていたのはことりだ。

(でも、わたしはローレライで……)

呪われた声を持つ娘に龍神が力を貸すことなんてあるのだろうか。

《みにくい声》のせいで神さまにも見放されたから、わたしはローレライなのではないか。つばきちゃんに大怪我を負わせた十一年前のように、また取り返しのつかないことを起こしてしまったら……。

「わたしは、歌姫なのでしょうか……」

それまでの語調を落として、ぽつりとつぶやく。

「わたしは――」

「歌姫だろう」

下がりかかった提灯の柄に馨の手が触れる。

瞬きをして、ことりは顔を上げた。

「俺は最初からそう言っているぞ。《歌姫》って」

――歌姫。

――俺をたすけてくれるだろう、歌姫？

そうだった、と思い出すのと同時に、初夏の風のようにその言葉はことりの胸をさらっていった。

馨はこれまで一度だってことりをローレライとは呼ばなかった。あたりまえのようにいつも「歌姫」と口にした。どうして聴こえていなかったんだろう。きづくと、胸の奥から泉のように澄んだ感情があふれだす。神さまではなくてわたしを見つけたのは馨さまだと思った。

「はい」

提灯を支えてくれた馨の手に自分の手を重ねる。

「わたしは馨さまの歌姫です」

「――それでよい」

馨は満足そうにうなずいた。

「試してみよう。神は歌舞を好む。火見はおまえの歌がすきだし、……俺もすきだけど、たぶん龍神もすきだろう。きっとうまくいく」

馨が言うと、ほんとうにそう思えてくるからふしぎだ。

「だから、椿姫のために歌ってくれ。歌姫」

「はい」

ひととき重なった手を離すと、馨は白木の扉の錠に鍵を挿し込んだ。

軋《きし》みを上げてひらいた扉の先には、暗闇にぽつぽつとひかる飛び石が続いている。あたりは雪曇りのせいで夕暮れどきのように暗かったが、扉の向こうはそれとは異質の暗さに包まれていた。異界の入口のような場所だと、昨晩馨が言っていたことを思い出す。

無音の闇に足音だけが波紋のように広がっていく。

飛び石のうえをいくらか歩くと、四方に枝を伸ばす巨大な椿の樹が現れた。枝のひとつには鉄の鳥籠が吊《つ》り下《さ》がり、扉は開いたまま頼りなく風に揺れている。四年前、当主継承の儀式が行われた場所だとおのずとわかった。

――ここで椿姫を呼ぶのだ。

鳥籠を仰ぐと、息を整え、ことりは胸の前で手を組み合わせた。

それまで張り詰めていた空気がふんわりやわらぐ。

歌いはじめたのは、最初に覚えた歌。

交流会で出会ったときに、つばきの前で歌った歌だ。祝いの言の葉はまだのせずに、旋律だけの歌を口ずさむ。あのときと同じように、ことりの足元には無数の椿の花が落ちている。いくつも重なった椿に淡い影が差す。

ぼう、と鳥籠の中に炎《ほのお》が灯った。

何かが切り替わった気がして、ことりは伏せていた目を上げる。

そばにいたはずの馨たちのすがたは消え、いつの間にか暗闇の中でことりはひとりになっていた。

どこからか微《かす》かな羽音がした。火見かと思ったが、ちがう。それは暗い炎をまとった火《か》鳥《ちょう》の魔だった。ことりと火鳥のあいだに落ちた椿《つばき》をついばんで、ひた、ひた、と近寄ってくる。

遠くで別の火鳥が鋭く鳴く声がした。

(火見さまだろうか)

一瞬意識がそちらに吸い寄せられ、ことりはぎゅっと手を握る。

今は椿姫のほうに集中しなければならない。歌を止めるわけにはいかない。

はじめて言の葉を旋律にのせた。祝いの歌詞がついた《歌姫の歌》だ。

——魔に転じた魂はもとには戻せないと、魔女は言っていた。

そこまでいってしまえば、誰にも救うことはできない。あとは火守が祓《はら》うしかないのだと。それはまちがっていないと思う。けれど、さっき夢の中でつばきは、わたしを呼んで、と言った。

(つばきちゃん)

おねがい。届いて、どうか。

——神さま、おねがい。おねがい。

(つばきちゃんを返して……!)

ふっと鉄錆《てつさび》めいたにおいが強くなる。

頬に熱を感じて、ことりは目を上げる。広がった両翼が視界を覆う。

ガラス質のふたつのまるい目と間近で目が合った。息を吸い込む。歌が途切れる。火鳥の魔が黒い炎をほとばしらせ、螺旋《らせん》がめぐるようにことりの身体をのみこむ。熱い、と思った。熱い。内側から焼かれているみたい……。

目の前の情景がまた揺らぎ、鳥籠の中の炎を見上げる少女が現れる。

馨に似た峻烈《しゅんれつ》な美貌で、すぐに十六歳の椿姫だとわかった。火守の椿紋がついた提灯《ちょうちん》を掲げた椿姫はそれを足元に置くと、覚悟を決めた表情で鳥籠の鍵を外した。

ふわりと、銀の扇が広がるように中から火鳥の片翼が現れる。

「火ノ神……」

思わずというふうに椿姫がつぶやく。

ことりの心臓がどくどくと強く脈打つ。

先ほど雪華が言っていた。

(火ノ神は継承者に《未来》の一端を見せると――)

きらきらと輝く片翼に魅入られたかのように目を細めていた椿姫は、ふいに「あっ」とつぶやいた。愕然《がくぜん》と表情を変え、燃え盛る片翼へ手を伸ばす。

「だめ、かおる――」

その短い叫び声だけで、ことりはひらめくように、椿姫が何を見たのかがわかってしまった。

この子が見た未来に何があったのか。

ちがう。誰の死があったのか。

――子どもの頃、俺を診た医者は、十五まで生きるのも難しいと――

今から四年前。馨は十三歳。

このとき書き換わったのは――「なに」？

「馨！」

椿姫の手が火ノ神の片翼に触れ、ぐにゃりと《未来》がゆがむ。

ねじまがる。

ことりの背におそろしい予感が走った。

「つばきちゃ――」

止めたらよいのか。止めてはいけないのか。

伸ばしたことりの手は空をかき、ぱっと椿姫の身体が足元から燃え上がる。目を瞠《みは》った少女の咽喉から絶叫が上がった。

（ねじまげた）

そうか、とことりはふるえた。

四年前、椿姫がいったいなんの罪を犯したのか。なぜ神の怒りを買い、魔に転じてしまったのか。

（なぜ四年前に馨に神が降りたのか）

馨は火ノ神に依《よ》り主《ぬし》として選ばれた。

もし偶然ではなく、それをこいねがった人間がいたのだとしたら。

こいねがった——どころか。もともと決まっていたはずの運命を捻《ね》じ曲《ま》げて、生きながらえさせたのだとしたら。

それは本来、あってはならないことだ。

だって、と椿姫がしゃくりあげる。黒い火鳥のすがたは消え、雪上ではちいさな女の子がひっく、ひっく、と肩をふるわせながら泣いている。

「だって、わたし、どうすればよかったの？」

大粒の涙が女の子の白い頬にいくつもいくつも流れ落ちる。

「馨が死んじゃう。そんなの見過ごせるわけがないよ……！」

ことりもどうしたらよいかわからなくて、女の子の前にへたりと座り込む。腕を伸ばして、彼女の身体を引き寄せた。びっくりしたように腕の中の身体がこわばる。もうずっと雪の中で誰かを待っていたみたいにつめたい身体だった。

「はい」

抱きしめた女の子に頬を寄せる。

「はい、がんばりましたね。つばきちゃん」

かつて大蛇を前にしたとき、大丈夫、と気丈にわらい返してきた女の子を思い出す。

――ゆきちゃんのこと絶対……ぜったい守るから。

でも、今ならわかるのだ。傷を負ってなお顔を上げたとき、あの子はきっとほんとうはこわくてふるえていた。それでも、ことりを安心させるために、大丈夫だとわらったのだ。

「もう大丈夫。大丈夫だからね」

頭を撫《な》でて繰り返すと、赤い目をした椿姫がことりを見返してくる。しばらく嗚咽《おえつ》が咽喉をふるわせていたが、やがてちいさな両手がことりの背中に回った。

「ことりちゃん……」

「はい」

「……馨に伝えて。あと青火にも」

ことりの耳に顔を寄せた椿姫が短い言葉を囁《ささや》く。

瞬きをしたあと、ことりはしっかり顎を引いた。

女の子の両手を取って、続きの歌を歌い上げる。

銀のひかりが雨粒のようにことりの周りを跳ねて明滅する。水滴に打たれた椿姫の身体《からだ》が淡く透けだす。

ことりの袖を引いて、椿姫がまた何かを言った。でも、もう聴こえない。雪が解け去るように、ことりの腕の中から女の子のすがたが消える。

闇が払われ、晴れゆく空にひるがえる銀の龍尾がちらりと見えた。

——力を貸してくれたのだ、と思った。

きづけば、ことりは飛び石のうえにひとり座り込んでいた。

ぼんやり虚空を仰いでいると、そばで炎が揺らめく。火見と馨だ。

「つばきちゃん、消えてしまいました……」

空になった手に目を落としてつぶやくと、「身体のほうがもうないからな」と馨が頭上を見上げながら言った。空っぽだった鳥籠の中には、今、最初からそうだったかのように炎が灯《とも》っている。

「還《かえ》るのはここじゃない」

そうだったと思い出すと、胸がせつなさで締めつけられた。

「つばきちゃん、言っていました」

かたわらにかがんだ馨の手を取りつつ、口をひらく。あたたかな、血の通った手のひらだ。ふいにあふれるようないとおしさが押し寄せる。それはことりというより、椿姫が遺《のこ》した感情だったのかもしれない。

椿姫の罪をことりは知ってしまった。でも、口にすることはできない。椿姫に捻じ曲げられる前、存在したはずの未来にまつわるそれらは、本来、火守の継承者であった椿姫と神さまだけの「ひみつ」だから。

それでも、伝えられることはある。

「『あいしてる』」

椿姫が口にした言葉をそのままなぞると、馨は軽く目を瞠ったあと、「……知ってる」とつぶやいた。ことりの頬に触れた指先が涙を拭う。それでもまたあふれて、雨のように馨の指先を濡《ぬ》らしていく。

「馨さまは泣かないのですか」

尋ねると、馨はすこしわらった。それははじめて見るような、どこか果敢《はか》ない笑みだった。

「おまえが泣くから、俺はよい」

濡れた指先がことりのこめかみをくすぐる。

「ありがとう、歌姫。椿姫のために歌ってくれて」

春の雪のような、やさしい声が降った。

結　ことりと馨

古い記憶がある。

「馨《かおる》、かーおる」

その日、六歳の馨が部屋で折り鶴を浮かせる練習をしていると、断りも入れずに姉の椿《つば》姫《き》が中に入ってきた。難しい顔をして折り鶴を睨《にら》む馨を見て、「何してるの？」と尋ねる。

「鶴が浮かない」

「ああ、魔祓《まばら》いの初級テスト？」

火守《ひもり》八家の子どもたちは、小学校に上がる年になると、一律、魔祓いの初級テストを受けさせられる。それは自らが折った鶴を浮かせるというもので、できた者だけがその先の魔祓いの修練を積むことができる。反対に折り鶴を浮かせられないのなら、はなから見込みがないので、魔除《まよ》けの術を学ぶことになる。

椿姫が這《は》い這いをしていたときには浮かせて遊んでいたという折り鶴が、馨には六歳になっても浮かせられないのだった。父親は落胆するだろう。そもそも、魔障《ましょう》に侵された母親の胎から死にかけて生まれ、魔女に十五歳まで生きられないと不幸な予言をされた馨である。おまけに魔祓いの才能までないなんて。

「椿姫はできるのに、なんで俺はできないんだ」

「べつにいいじゃない、馨は馨で。魔祓いの才なんかあっても、食べていけるわけじゃないよ」

三つ年上の椿姫はあっけらかんとしている。そうかなあ、と馨は折り鶴を指で倒した。

「そうだよ。わたしの馨は世界でいちばんかわいい。だから何の問題もない」

「ぜんぜんうれしくない……」

「そんなかわいい馨にお願いがあるんだけどさ」

椿姫はにこにこして、馨に抱きついてくる。椿姫が見せた招待状には、神祀《まつ》りの家の交流会の案内が載っていた。馨にはまだ読めない漢字が多かったが、椿姫が代わりに読み上げてくれる。

「これ、いつもみたいにわたしのふりをして行ってきて。お願い」

「また？」

才気煥発《かんぱつ》な姉には以前からさまざまな誘いがやってきたが、実はそのうちのいくらかに顔を出していたのは、椿姫のふりをした馨だ。椿姫のほうは楽しそうだが、馨は乗り気じゃない。椿姫のふりをするというのは、つまり女子の着物を着て、女子みたいにふるまえということだ。馨にはそんな趣味はなかったし、あまり真面目にやってもいなかった。

……というか、九歳の姉のふりを六歳のときにやるって、あとになって考えるとだいぶ無理があるから、実際のところは周囲にばればれだったのかもしれない。

とにかく、その女の子に声をかけられたのは、たぶんそういう、姉のふりをして参加していた交流会のどれかだったはずだ。

——あの……だいじょうぶ？

椿《つばき》の枝にかつらの毛先を引っかけて苦心していた馨に、彼女はおずおず声をかけてきた。馨の手から髪を取り、枝からほどくのを手伝ってくれる。時間をかけて丁寧に髪をほどくと、「もうだいじょうぶ」と眉尻を下げてわらう。

山桜の花が一輪咲いたみたいなわらいかただった。馨はもっとこの子と話したくなった。もともと、家の自慢ばかりのあの場所がつまらなくて抜け出してきたのだ。

彼女は歌を歌うのがすきらしい。

聴かせて、と乞うと、はじめはもじもじしていたけど、すぐに歌ってくれた。

その、朝に射《さ》すひかりのような、透きとおった歌声。

馨はびっくりして、女の子を見た。

彼女は目を伏せがちに、楽しそうに歌っている。ひかりの雫《しずく》が、世界を言祝《ことほ》ぐように彼女の周りで跳ねている。

急にわけもなく胸が苦しくなった。はじめて、まばゆいものを見つけたみたいで。

歌が終わるのが惜しい。ずっと聴いていたい。この先もずっと。

だけど、やがて歌は終わってしまったので、馨は軽く息を整えている女の子の両手を取った。ただ、見つけてしまったまばゆいものを手に入れたい一心で。

「ゆきちゃん、わたしのお嫁さんになって！　それでずっとわたしのそばで歌って！」

椿姫のすがたのまま、大真面目な顔で求婚した馨に、彼女はぱちくりと瞬きをした。

「ええと……つばきちゃんのお嫁さんにしてくれるの？」

「うん、約束。して、約束。大きくなったら、必ず迎えに行くから」

一生懸命、女の子に向かって言い募る。だって、こんなにきれいな声で歌う子なのだ。ぼんやりしていたら、ほかのやつに取られてしまうかもしれないし、絶対、馨のお嫁さんになってくれないといやだ。

「……だめ？」

「ううん。いいよ」

「ほんとうに？」

「うん。わたしもつばきちゃんがだいすきだから」

——じゃあ、おれもがんばる。

魔女の予言なんか突っぱねて、大人になれるようにがんばる。またこの子に会いたいから。

「じゃあ、約束」

小指を差し出すと、彼女は菫色《すみれいろ》の眸《ひとみ》をやさしく細めて、そっと小指を絡めてきた。

――つい最近まで底のほうに眠っていた、昔の記憶である。

＊…＊…＊

青火《せいか》が運転する車から降りると、やはりすでに墓の前に先客がいた。

舌打ちをして、けれど引き返すのもどうかと思い、馨はしぶしぶ歩きだす。椿姫の墓の前で手を合わせていた女が、馨にきづいて顔を上げた。

「また、おまえか」

「それはこっちの台詞《せりふ》だ」

息をつき、双方、ぶすっとした顔で沈黙した。

墓前に供えられた香木が微《かす》かに苦みのある香りを漂わせている。馨は懐から取り出した香木に火をつけた。雪華《せっか》が置いたものの横に新たな香木が加わる。

「次期当主内定おめでとう、馨」

いやみというにはさばけた口調で雪華が言った。

「依《よ》り主《ぬし》が当主になるのは、神祀りの歴史でもたぶんはじめてだな。せいぜい長老たちにいびられながら励め」

「ありがたい言葉をどうも」

馨の——正しく言えば、ことりの力で椿姫の魔は消え、次期当主候補だった雪華は、春分の儀式のあと自ら身を引いた。ただ、そばつきの雷《らい》に命じて、ことりを連れ去ろうとしていた件は表沙汰にはならなかった。雷は右脚を骨折して全治一か月になってしまったし、馨のほうも、ローレライについては当面、周囲に隠したままにしておくことにしたので、皆が口をつぐんだ。

「八家の上に立つのは大変だぞ。腹に一物抱えたやつも、野心を持つやつも多いし」

前当主であった父親の苦労を思い出しているのか、雪華が言った。

「年齢も性別も関係ないとはいっても、結局おまえはまだ若いし、依り主だしな」

「べつに誰かの上に立ちたいとかはないけど……御簾《みす》の奥に祀られる時代に逆戻りしたらいやだから、俺がいちばん力を持つことにする」

「ほんとう、依り主を逸脱するねえ、おまえは」

「ふふん。この先もずっとそう」

咽喉を鳴らして、馨は肩をすくめた。

「火守のとりわけ神の寵愛《ちょうあい》が深い者の魂は、火ノ神の炎《ほのお》に還《かえ》るといわれている」

墓石を見つめつつ、雪華が口をひらいた。

火ノ神の炎とは、奥宮の鳥籠に戻ったあの炎である。

「椿姫の魂の一部は、炎に還ったのかもしれないな」

「俺は絶対ごめんだな。死んだ後も椿姫や雪華と一緒にいるのは。やかましそう」

「わたくしもごめんだ」

「なら言うなよ」

「ああ、今、後悔しているところだよ」

顔をしかめたあと、雪華は眉をひらいて、くすっとわらった。

わらい声に誘われたのか、馨の肩に留まっていた火見《ひみ》が身じろぎする。馨が首のあたりを撫《な》でると、きもちよさげに目を瞑《つむ》って、また眠ってしまった。残酷なのか、やさしいのかわからない神さまは、いつもこんなふうである。

「それで？　婚約者のことはどうするんだ」

めずらしく他人に興味を示したらしく雪華が尋ねた。

「もともと椿姫のために呼んだ娘なのだろう？　この先も婚約解消はしないで、おまえの敵が多そうな人生につきあってもらうの？」

「べつに雪華が気にすることじゃないだろ」

「まあ、そうだけど。――馨。きづいているとは思うが、あの子はおまえを慕っているよ」

瞬きをしたあと、さすがにふつうにしていられなかったので、「なん――……いきなり……」と馨は悪態になりきらない言葉をごにょごにょつぶやいた。でも、雪華はからかうふうでもない。

「おまえが鳥籠を開けて外に連れ出したのだからあたりまえだ。……わたくしにはわかる。雷もわたくしが二ノ家から引きずり出したから。ああいう子らは、この先も相手のために何でも差し出そうとするよ。いずれ、壊れるくらいの大きな感情を向けるようになる。中途半端にするんだったら、早く逃がしてあげないと、あの子がかわいそうだ……」

「……それは……」

口をひらいたあと、馨は眉根を寄せた。

「なんで雪華にそんな話をしなくちゃならないんだ」

「だって、椿姫はいないし、ならばわたくしはおまえの姉のようなものだし」

「ふたりも姉はいらない」

いやそうに言うと、「そう？」と雪華は首を傾《かし》げた。

「――行くのか」

日傘をひらいた雪華に、馨は目を向ける。

「今日はこれから雷の見舞いだから。豆乳ドーナッでも買っていってやろうかと」

病室で雷が飛び跳ねて喜ぶすがたが容易に浮かんだので、むしろ大丈夫か？と思った。

ベッドから転げ落ちて、怪我《けが》を悪化させそうである。そんなことはつゆほども思っていないようすで、雪華は端末に何かを打っている。たぶん雷にあてたものだろう。

「……雪華は、結局どうしたんだ」

「何だ？」

「雷を――」

短い言葉でも、だいたい察したらしく雪華は薄くわらった。

手帳型の端末のケースを手の中でぱたんと閉じる。

「わたくしの鳥籠にしまって扉を閉じたよ。……もう開けてはやれない」

＊…＊…＊

新都では桜が満開のようだが、火見野《ひみの》ではまだ桜は固い蕾《つぼみ》である。

雪解けのせせらぎが山麓から聞こえてくる。春らしいその音に耳を澄ませつつ、ことりは金天蚕《きんてんこ》たちに椿の葉をあげていた。

「でも、雷さんの血で、この子たち、めちゃくちゃこわい魔になったんですよね……？」

春分以来、のの花《か》はすこしびくびくしながら金天蚕たちの世話をしている。

金天蚕の魔の一件は、雷の血に加え、魔除《まよ》けの結界の外という条件が重なったからこそ起きたことだが、無害そうな彼らも《あわいのもの》であるとあらためて思い直したそうだ。ことりもそれなりにこわい目にはあったものの、椿の葉を咀嚼《そしゃく》している金天蚕たちは相変わらず愛らしいので、最近は気にならなくなった。「ことりさんは意外とおおらかですよね……」とのの花は苦笑まじりに嘆息する。

冬の頃よりやわらいだ風に、椿で染めた糸がそよいでいる。火守のいつもの光景である。

「ことりさん、そろそろでかけるお時間じゃないですか？」

「あっ、そうでした」

のの花に声をかけられ、ことりは葉っぱをあげる手を止める。

金天蚕たちの食事の続きをのの花に任せると、一度部屋に戻って、作業用の紬《つむぎ》からワンピースに着替えた。春らしい生成りのもので、桜色の毛織《けおり》のカーディガンを羽織《はお》る。

布製の肩掛けかばんをかけると、桜の飾り結びの香袋をバッグの内ポケットに入れた。見せびらかせ、と馨は言っていたが、ことりはいつも衿元《えりもと》か、バッグの内ポケットにしまっている。だって、なくしたくはないから。

外で用事を済ませていた馨とは、東鳥街《ひがしちょうがい》の近くの広場で待ち合わせの約束をしていた。早く着いてしまったので、書店で中学生向けの参考書を探す。こつこつがんばったおかげで、ことりの勉強は今は中学一年生の過程に入りはじめた。まだ時間はかかりそうだけど、最後は高校まで追いつけたらよいなと思っている。

ひたきから教えてもらった参考書を数冊買って店を出る。店のガラスに映った自分のすがたに目を留め、前髪の位置をちょいちょい直していると、

「ことり」

後ろから慣れ親しんだ声に呼ばれた。ガラスに待っていたひとが映り込んだので、あわてて目を離す。

火守の家の用事で外出していたらしい馨は、灰鼠《ねずみ》の袷《あわせ》に墨色の羽織《はおり》をかけている。火見は馨の肩でいつものように羽を休めていた。

「馨さま」

ふわりと笑みをこぼし、ことりは馨のもとに向かった。

「用事は終わりましたか？」

「うん。待たせたか？」

「いえ、本屋さんにいたので」

「ふうん？　なに買ったんだ？」

「ええと……数学の問題集と、あとは理科と歴史の参考書です」

書店のロゴが入った袋を掲げると、「へえ」とうなずいて、馨は横から袋を受け取った。ん？と思って、袋の持ち手に手を伸ばすと、反対側に持っていかれる。それを追いかけて、ことりも反対側に回り込んだ。

「自分で持ちますよ？」

「いえいえ、お嬢さま」

「じゃあ半分、持ちます」

「めっそうもない」

袋を取ったり取られたりしつつ細い道を抜けて、川沿いの桜並木のほうへ出る。まだ蕾が多いが、日当たりのよいところは、一輪、二輪と花がひらきはじめている。

「わあ……」とことりは頭上の花を仰いで、目を輝かせた。

「ほんとうに咲いていますね」

これから桜が満開になったら、きっと薄紅の霞《かすみ》のようになるにちがいない。

あとでのの花にも見せてあげようと、最近ちゃんと携帯している端末を取り出した。カメラアプリを起動させると、咲いた一輪をカメラにおさめる。一度写したがピンボケして、三回目でやっと成功した。

桜並木沿いは遊歩道になっていたが、まだ時季も早いのでひとはまばらだ。

「そういえば、おまえの……いただろう、友人」

「つばきちゃんですか？」

馨のとなりを歩きつつ尋ねる。

「そう、そいつ」と馨は言葉を継いだ。

「最近思い出したけど……椿姫だった」

「そう、でしたか」

ことりとしては、そうだろうなという気持ちである。

「安心してよい。あのあと、椿姫はめちゃくちゃぴんぴんしてた」

「でも、傷痕はずっと残ってしまっていたでしょう？」

「そんなもん、言われるまですっかり忘れてた」

「え？　はい」

「忘れてたって言ってた！」

軽く咳払《せきばら》いをして、馨は言い直した。

ふしぎに思いつつも、言われてみればあっけらかんとしていたあの子らしい気もしてきた。そうだったならよかった、と思った。あの子が何も苦しんでいなかったなら。

「ええと、椿姫はめちゃくちゃぴんぴんしてたけど、すこしだけ死にかけたから、たぶんそういう情報が水鏡《みかがみ》のほうへは流れたんだと……思う。退院したあと、おまえを捜そうとしたけど、どこの家の誰かわからなかったし、その頃父親が死んで、それどころじゃなくなった。ゆるせ」

「いえ……」

ことりを捜そうとしてくれていたのか、と驚くと同時に、胸がやさしく痛んだ。椿姫がことりを想《おも》ってくれていた以上に、馨が今、ことりのためにそれを伝えようとしてくれていることがうれしかった。

「つばきちゃんが元気だったなら、よかったです」

「……うん」

馨の肩に蕾をつけた枝の影が落ちている。

ふいに火見が馨から離れて、輝く川面《かわも》のうえを緩やかに旋回した。のどかな午後の陽《ひ》がきらきらと射《さ》す。結局、書店の袋は馨に持ってもらっていた。川に面したフェンスの前で足を止めると、馨は空いているほうの手でどこからか取り出した銅貨をくるりと回した。

「——前に、捨てる命なら俺が買ってやると言っただろう」

馨は手にしていた銅貨を軽く握ると、それをことりのほうへ放った。

ふちを光らせて飛び込んできた銅貨を受け取る。

「あれは今返した。おまえはおまえのものだ」

ことりは瞬きをして、手の中の人肌でぬくまった銅貨を見つめた。

「それはどういう……」

「おまえはこれからどうしたい？　どこへ行きたいでも、何をしたいでもよい。今日までこっちの事情につきあわせたから、最初の約束どおり、なるべく……願いは聞くようにする」

馨は死にたがりだったことりの命を拾っていっとき預かってくれた。もちろん、それは馨なりの思惑があってのことだったけれど——。ここで歌ってよいと言ってくれた。ことりが羽を休める場所になってくれた。そうして息を吹き返した命をまたことりへ返してくれた。

「わたしは……」

ようやくわたしになったわたしは今、何をこいねがうのだろう。

見上げると、まだ春も浅い風の中に立つひとと目が合った。

泣きたいような切なさに駆られて、自分から手を伸ばした。

「……わたしはここにいたい」

ここにいたい。ここで歌いたい。

あなたの、できればいちばん近くで。

——外の世界には何があるのでしょうね？

かつて命を救われた晩、魔女がわたしに言った。

答えはまだわからない。世界は広くて、深くて、わたしが知らないことばかり。

それでも、ただひとつだけ、きっとこの先も変わらない。

「あなたの歌姫でいたいのです……」

——あなたに恋をしたから。

おそるおそる俯《うつむ》けていた顔を上げると、こちらを見つめて「ふうううん？」と馨は言った。

　ことりはぱちぱちと瞬きをする。それはどういう「ふうううん？」なんだろう……。

「俺は一度はちゃんと逃がしたからな」

　誰へともなくつぶやき、馨はことりの手をつかみ寄せた。

「じゃあ、ここで歌え。ずっと、命の限り、そのあとも——俺の歌姫」

「はい。命が尽きるまで、そのあともずっと、あなたのそばで」

　そっと恋を告げるように返すと、馨は目を細めた。

　一度下ろした手を差し出される。眉尻を下げて微笑《ほほえ》み、ことりは馨の手のうえに手をのせた。

　川の周りを飛んでいた火見が戻ってきたので、「帰るか」と馨が言った。

　桜を探して歩いてきた道をもう一度、東鳥街の方向へ歩いて帰る。

　つないだ手がいつものように徐々にあたたまっていくのを感じながら、ことりは桜が満開になったら春の歌を歌おう、と思った。

　となりを歩くあなたに向けて歌おう、と思った。

番外編　おひいさまと金のピアス

「椿姫《つばき》さま、まだ起きていらっしゃるんですか？」

春分の前夜のことだ。

襖《ふすま》から細く漏れる明かりにきづいた青火《せいか》が声をかけると、「そうだよ。わるい？」と鈴が鳴るような主人の声が返ってきた。青火の年若い主人は子どもの頃から、「おひいさま」というよりは「女王さま」みたいな口の利き方をする。

ゆるしを得て襖を引くと、書きもの机の前に、椿姫は背筋を伸ばして座っていた。机に置かれた灯《あか》りと丸い雪見窓から射《さ》し込む月光のおかげで、室内は彼女の表情がわかる程度には明るい。艶《つや》やかな長い黒髪は羽織《はおり》のうえに雨のように流れ、月を宿した眸《ひとみ》が手元に向けられている。

「早くお休みになられたほうがいいんじゃないですか。あしたもお早いでしょう」

「そうだけど……」

椿姫はあしたの儀式の手順を確認しているらしい。机のうえに広げた図面に向ける眼差《まなざ》しは真剣だ。

苦笑して、青火は椿姫のかたわらに座した。

春分を迎えるあした、椿姫は火守《ひもり》の当主継承の儀式に臨む。緊張するのも無理からぬ話だ。

「よく眠れるお茶を淹《い》れましょうか」

「それはいいから、肩をもんで」

「はーい」

青火が背に回ると、椿姫は甘えるように身を預けてきた。

十一歳の椿姫に拾われてからずっと、青火は彼女のそばつきをしている。出会ったとき、青火は十七歳だった。歳《とし》が離れているせいか、椿姫は仕えるべき主人である前に、手のかかる妹のような、そうでありつつ自分の恩人でもあるような、ふしぎな立ち位置にいるひとである。

「あすの準備はいかがですか？」

「もちろん、わたしだから余裕」

「なら、いいですけど」

ほんとうに余裕いっぱいのひとは前日に細かに儀式の手順を確認しない気がしたが、青火は追及しないでおいた。普段、型破りな行動ばかりするくせに、椿姫にはなぜか妙に臆病なところがある。そのくせ、自分の臆病さをひとに気取られるのをひどく嫌がるのだ。

かつて雨の降る日に出会ったときも、椿姫ははじめ警戒を滲《にじ》ませた表情で傘の柄をきつく握っていた。もう片方の手は弟の手を握り、自分の背に隠すようにする。濡《ぬ》れ鼠《ねずみ》で路上に転がっていた見ず知らずの青火を助けるべきか、放置するべきか、迷っているようだった。それでも、つないだちいさな手を守ろうとする意志だけは固い。ふるえるような意志の透ける眸がうつくしいと素直に見惚《みと》れた。

あの日、おそるおそる差し出された手を取ってしまったのは、きっと、だから。

青火にしばらく肩を預けてまどろんでいた椿姫はやがて目をひらいた。

書きもの机の抽斗《ひきだし》から小箱を取り出して、「ん」と無造作にそれを青火に差し出す。

「おまえ、このあいだ誕生日だったろう。プレゼントあげる」

「ええ？」

青火はいぶかしげな顔をした。

ラッピングもされていない小箱を差し出すあたりが椿姫らしいといえばらしかったが、五年間仕えているものの、青火が椿姫から個人的に何かをもらったことはない。いったいどうしたというのか。

「もうもらいましたけど。おふたりで作ってくださったじゃないですか、おっきなケーキ」

「あれなし」

椿姫は不満そうに青火を睨《にら》んだ。

「おまえ、まずそうに食べていたな」

ばれてる、と思って、青火は口をつぐんだ。

言い訳をしようとも考えたけれど、どうせばれているので、あきらめて息をつく。

「椿姫さまも馨《かおる》さまも、絶望的にお菓子づくりと相性が合わないんですよ。分量を守らないから……」

それでも、彼の大切な主人とその弟君が作ってくれたケーキなので、ひとかけらも残さずいただいた。お世辞にもおいしくはなかったが、心は満たされた。

「じゃあ、来年はおっきなピザを焼いてやろう」

「食べもの縛りはやめないんですね……」

「一緒に食べられたほうが楽しいだろう？」

ふふっとわらう椿姫に、それは確かにそうかもしれないと青火は思った。誰かと食卓を囲む幸福も、誰かにお茶を用意する喜びも、青火はこの姉弟に出会ってはじめて知った。

「——開けていいんですか？」

「どうぞ」

手のひらにおさまるサイズの小箱を開けると、ちいさな金のピアスがおさまっていた。

趣味がよいというよりは、やや悪い寄り。つまり、まごうことなく彼の主人が選んだ品のようだ。

「いちおう訊《き》きますけど、なぜ金なんでしょう……」

「金は強そうでよい」

椿姫はどやーとした顔で胸を張った。

羽織の衿《えり》を押さえて立ち上がると、座る青火を見下ろす。雪明かりのためか、彼女の輪郭は銀のひかりを帯びて見える。神々しいほどのうつくしさだ。

「青火はとてもよい男だから、ずっとわたしのもの」

椿姫の手が青火の頰から耳たぶに触れた。つめたい。そこにつけていたピアスをなぞり、ちょっとつまらなそうに耳たぶを引っ張る。わたしのものではないものをつけるな、と言いたげに。

「だから、わたしと礬にずっと尽くすんだぞ」

彼女らしい傲慢な物言いにすこしわらって、「はーい」と答える。

「ご安心ください。いつまでもおそばにおりますから」

幼い彼女に出会って拾われてから、青火の心は満たされている。

だから、鳥籠にしまわれるなら、椿姫がいい。

＊…＊…＊

四年後、再び訪れた春分の日。

「いってらっしゃいませ。若と……椿姫さまをどうかお願いいたします」

青火の言葉に、菫色《すみれいろ》の眸をした少女は決意を秘めた表情でしっかりうなずいた。

すこし先を歩く彼の主人に追いつき、やがてふたりの手がごく自然に重なる。

「いいのか」

馨とことりの背を見送る青火に雪華《せっか》が尋ねた。

「ついていってやらなくて。大事な主人なんだろう」

「はい」

ちいさくなっていくふたりの背からは目を離さずに青火は微笑《ほほえ》んだ。

彼が愛したかつての主人に、もうすぐ彼の大切な主人はたどりつくだろう。

大丈夫。彼の主人はとてもつよいひとだ。今は手をつないで、となりを歩いてくれるひともいる。きっと望む未来をつかみ寄せられるし、青火はここで主人の帰りを待っていればよい。

（……ですよね？　椿姫さま）

「今日の夕飯のおっきなピザの具でも考えてお待ちしています」

何かを探すように雪曇りの空を仰ぐと、白い雪片がひらりと落ちてきた。

ピアスを挿した耳たぶがじんと痛む。

雪は、彼の心に在り続けるひとと同じように、ただうつくしく、静かに降り積もっていった。

番外編　桜の飾り結び

「とうさまー」

頭上で揺れる薬玉《くすだま》を見上げ、幼い馨《かおる》は父親の手を引っ張った。

父親の手は大きくて、職人らしく皮膚が硬い。大好きな手だ。

「なんだい、馨」

穏やかな声で尋ねた父親に、馨は薬玉の下部にかけられた飾り結びを指して言った。

「あの飾り結びだけ、とうさまが結んだほかのものとちがうよ」

「おや、どうちがうの？」

「んー、下手くそ？」

率直すぎる馨の物言いに、父親は苦笑した。

馨の父親の深空《みそら》は、火守《ひもり》の六ノ家から八ノ家への入り婿で、もとは名の通った飾り結びの職人だった。深空の飾り結びは馨もたくさん見ているけれど、どれも優美で、無駄なくうつくしい。だが、馨の部屋の鴨居《かもい》にかけられた薬玉に結んであるものだけは、どういうわけか下手くそなのである。

「これはね、立夏《りっか》さんが結んだものだから」

立夏さん、というのは馨の母親のなまえだ。深空は馨たちの前で妻を呼ぶときも、「かあさま」ではなく「立夏さん」と愛情をこめて呼ぶ。

深空は馨のちいさな身体《からだ》を抱き上げた。そうすると、見上げるだけだった薬玉に手が届くようになる。大人のこぶしほどの大きさの球体からは、薬草の澄んだ香りがした。球体の下部には、薄紅の組紐《くみひも》で花のかたちの飾り結びがしてある。

「立夏さんは魔祓《まばら》いの才能はあったんだけど、手先が器用じゃなかったんだよねえ……」

「ふふ、つばきとおんなじだ」

「でも、これは馨が生まれてくる前に立夏さんが結んだんだよ。馨に会えるのをすごく楽しみにしてたから」

「そっかあ……」

深空の言葉を聞いて、馨はほんのちょっぴりせつなくなった。

立夏は馨を生んですぐに亡くなったと聞いている。魔祓いの仕事で負った魔障《ましょう》が原因だった。魔障に侵された妊婦の出産は前代未聞だったが、無事産み落として、一度だけ馨のことを抱き上げてくれたらしい。もちろん馨は覚えていない。でも立夏の断片なら、この家にも、父親や姉の中にもたくさんあるから、さみしいと思ったことはない。

「桜だ」

深空のものに比べると、だいぶ不格好な飾り結びに触れて、馨はつぶやいた。これまで何をかたどっているのか深く考えたことはなかったが、たぶん山桜だろう。冬のあいだ、雪に閉ざされたこの場所に、待ちわびた春を告げる花だ。

「結びには、結んだひとの祈りが込められているものなんだよ」

「……かあさまも何か込めてた？」

「もちろん」

目を細めてうなずき、深空は腕に抱いた馨の頭を引き寄せた。額を合わせると、今は亡きひとの祈りが春の陽《ひ》のように胸に射し込んでくる。

「君の人生にさいわいがたくさんやってきますようにって」

きっと冬の桜を見上げながら、春を想って結んでくれたのだ。

＊…＊…＊

「桜の飾り結びには、どんな意味があるのですか？」

「わるいことは起きない」

「はい」

「よいことばかりが起きる」

「ふふ、万能です」

「だろう？」

——君の人生にも、さいわいがたくさんやってきますように。

お便りはこちらまで

〒一〇二―八一七七
富士見L文庫編集部　気付
水守糸子（様）宛
マトリ（様）宛

本書は、カクヨムネクストに連載された「みにくい小鳥の婚約」を加筆修正したものです。

富士見Ｌ文庫

みにくい小鳥《ことり》の婚約《こんやく》

水守糸子《みずもりいとこ》

2024年９月15日　初版発行

発行者　山下直久
発　行　株式会社 KADOKAWA
〒102-8177　東京都千代田区富士見2-13-3
電話　0570-002-301（ナビダイヤル）

印刷所　株式会社暁印刷
製本所　本間製本株式会社
装丁者　西村弘美

定価はカバーに表示してあります。　◇◇◇

本書の無断複製（コピー、スキャン、デジタル化等）並びに無断複製物の譲渡および配信は、著作権法上での例外を除き禁じられています。また、本書を代行業者等の第三者に依頼して複製する行為は、たとえ個人や家庭内での利用であっても一切認められておりません。

●お問い合わせ
https://www.kadokawa.co.jp/（「お問い合わせ」へお進みください）
※内容によっては、お答えできない場合があります。
※サポートは日本国内のみとさせていただきます。
※Japanese text only

ISBN 978-4-04-075573-1 C0193
©ITOKO MIZUMORI 2024　Printed in Japan

神去り国秘抄
贄の花嫁と流浪の咎人

著／水守糸子　イラスト／凪かすみ

日輪が消えた国で、
贄の少女と追放された皇子の旅が始まる。

十年前に日輪が消えた国、照日原。辺境の郷の姫・かさねは、豊穣のための贄として狐神に嫁ぐ。狐に喰われる寸前に金目の青年・イチに救われるが、代わりに日輪を司る日神に会うために「力」を貸せと迫られて――。

富士見L文庫

聖女と悪魔の終身契約

著／水守糸子　イラスト／夏目レモン

魔物の愛には溺れるような罠がある――
少女と魔物のいびつで唯一の主従契約

当代随一の退魔師《聖女》エマには秘密がある。それは、魔を祓う身でありながら、強力な魔物・クロエと「契約」していること。幼い頃魔物に連れ去られた妹を捜すため、エマは今日もクロエを従えて退魔に向かう――。

富士見L文庫

富士見ノベル大賞
原稿募集!!

魅力的な登場人物が活躍する
エンタテインメント小説を募集中!
大人が**胸はずむ小説**を、
ジャンル問わずお待ちしています。

大賞 賞金**100**万円

優秀賞 賞金**30**万円

入選 賞金**10**万円

受賞作は富士見L文庫より刊行予定です。

WEBフォーム・カクヨムにて応募受付中

応募資格はプロ・アマ不問。
募集要項・締切など詳細は
下記特設サイトよりご確認ください。
https://lbunko.kadokawa.co.jp/award/

富士見ノベル大賞 検索

主催 株式会社KADOKAWA